Peligro

SERIE
MINDF*CK
LIBRO 1

PELIGRO

S.T. ABBY

Traducido del inglés por Gema Pereira Silvestre

CONTRALUZ

Título original: *The Risk (The Mindf*ck 1)*

Primera edición: marzo de 2026

PAPEL DE FIBRA
CERTIFICADA

Copyright © 2016. THE RISK by S.T. Abby
© de la traducción: Gema Pereira Silvestre, 2026
© Contraluz (GRUPO ANAYA, S. A.), 2026
Calle Valentín Beato, 21
28037 Madrid
www.contraluzeditorial.es

ISBN: 979-13-87810-43-6
Depósito legal: M. 393-2026
Printed in Spain

Esto es para las que han perdido la voz.
Esto es para las que desearían ser Lana Myers.
Esto es para aquellas de las que la gente
todavía habla entre susurros.
Esto es para las que luchan cada día por olvidar.
No estáis solas.

~~Tim Hoover~~
~~Chuck Cosby~~
~~Nathan Malone~~
~~Jeremy Hoyt~~

Quedan tantos nombres por tachar...

Einstein dijo: «Los débiles se vengan. Los fuertes perdonan. Los inteligentes ignoran». Y una mierda. Einstein no siempre tenía razón.

La venganza es un plato que se sirve frío...

En eso sí que estoy de acuerdo. Significa que se olvidan de que vas a por ellos y que sus gritos saben aún más dulces cuando por fin llega el momento.

Capítulo 1
LANA

> Amo a la humanidad,
> pero odio a los seres humanos.
> —Albert Einstein

—Tienes pinta de que te han dejado plantada —dice un tipo cuando levanto la vista del teléfono y bloqueo discretamente la pantalla para que no pueda ver lo que estoy mirando.

Arqueo una ceja y lo observo. Atractivo, unos veinticinco años, sonrisa soberbia, postura dominante… Aunque va muy mal encaminado.

—La verdad es que me gusta comer sola —le digo, con una sonrisa dulce que grita «vete a la mierda».

Parece que no lo pilla, porque entrecierra los ojos con determinación. A los machos alfa les gustan los retos. Tendría que haberlo imaginado.

—Me llamo Craig. Y tú eres… —Deja que sus palabras se vayan apagando mientras me mira de arriba abajo, pero no contesto y le doy un sorbo al café—. Si no me dices tu nombre, tendré que llamarte Bella.

«Qué original».

Su intento de halago es a todas luces torpe y, sin duda, poco elaborado. Es evidente que está acostumbrado a salirse con la suya sin despeinarse, lo que significa que tampoco se esfuerza lo más mínimo después de haber conseguido lo que quería. Teniendo en cuenta el traje caro que lleva y su apariencia atractiva, no me sorprende.

Muchas mujeres pasarían por alto su arrogancia, confundiéndola con chulería, e incluso podrían llegar a encontrarla encantadora.

Pero se ha equivocado de chica.

—¿Y por qué no me llamas mejor «No Interesada»? Porque es la descripción que mejor encaja conmigo ahora mismo —contesto, reclinándome en la silla, relajada y con todo bajo control.

—Al parecer no me has visto bien —continúa, estirando la espalda y adoptando una pose que solo deja ver a un creído de mierda.

—He visto más que suficiente. Sigue sin interesarme.

Se le oscurece la mirada y da un paso atrás.

—Pues vale. A la mierda. Total, tampoco quiero que me salgan estalactitas en el rabo —dice, antes de darse la vuelta y encaminarse a una mesa donde hay otro tío sentado.

El sol no brilla hoy entre tantas nubes. Parece que va a llover, así que somos de los pocos que hemos optado por sentarnos en la terraza y no dentro de la cafetería. Aunque están a varias mesas de distancia, veo que su amigo se ríe y niega con la cabeza mientras don Arrogante se deja caer en su asiento, malhumorado y decaído.

Vuelvo a las imágenes que estaba viendo en el teléfono hasta que noto que alguien me observa. El amigo de don Arrogante no aparta la mirada cuando levanto la cabeza y lo descubro estudiándome. No me está mirando con deseo, y tampoco aparenta interés. Diría que está intentando leerme, igual que hago yo con la gente.

Él también es atractivo, pero su traje no es tan caro como el del otro. Dicha observación me lleva a pensar que son compañeros de trabajo, pero ¿por qué uno viste mejor que el otro si se dedican a lo mismo? No tiene actitud sumisa ni parece agobiado, como lo estaría si trabajara para don Arrogante. ¿Significa eso que tienen el mismo puesto pero con diferentes sueldos? ¿O tal vez que don Arrogante proviene de una familia adinerada y este chico no?

Vuelvo a mirar el móvil con despreocupación y finjo que no noto su intenso escrutinio. Después de terminarme el café y repasar la planificación del gran día, le pido la cuenta a la camarera.

—Ya está pagado —dice con una sonrisa dulce y los ojos brillantes—. Y también has dejado propina —añade, guiñándome un ojo—. Generosa, además.

Levanto las cejas y ella hace un gesto con la cabeza hacia atrás, mientras el amigo de don Arrogante se marcha de la terraza. Don Arrogante se ha ido.

—Me ha pedido que te dé las gracias por el espectáculo —continúa explicando mientras se abanica con la mano al verlo dirigirse hacia el SUV de color oscuro.

—Gracias —le digo, y me pongo de pie y me encamino a la salida yo también.

Nada de coqueteo, ni miradas lascivas ni quedarse esperando a ver si me acercaba a él después de pagarme la comida. No me gusta que la gente sea amable sin motivo. Haberle servido de entretenimiento no era razón suficiente.

Sigo con la mirada al chico callado, lo observo mientras se queda junto al SUV hablando por teléfono en voz demasiado baja como para oír desde lejos lo que dice. También veo a don Arrogante, que está charlando con una chica guapa cerca de la cafetería, en la acera. Ella parece mucho más interesada que yo.

Decido satisfacer mi curiosidad y me acerco al chico callado justo cuando cuelga la llamada. Sus ojos se fijan en los míos al acercarme y levanta las cejas cuando saco un billete de veinte.

—No permito que ningún desconocido me pague la comida. Mi madre me educó muy bien —digo, meneando el billete delante de él para que lo coja.

Una sonrisa se dibuja lentamente en sus labios carnosos y le transforma la cara por completo. Lleva el pelo rubio oscuro lo bastante alborotado como para resultar sexi, pero sin llegar a parecer que acaba de levantarse de la cama. Su mandíbula fuerte y cincelada contrasta con sus tiernos ojos azules. Parece feroz y dulce al mismo tiempo, lo que me confunde aún más. No consigo leerlo del todo.

—No podría conseguir un espectáculo más entretenido por tan poco. Créeme, ha merecido la pena el pequeño gasto —contesta, encogiéndose de hombros, y se mete las manos y el teléfono en los bolsillos, lo que deja claro que no piensa aceptar el dinero sin necesidad de usar palabras.

Pero insisto y vuelvo a sacudir el billete.

—De todas formas, tengo mis propias reglas. Te lo agradezco, pero no, gracias.

Eso le hace sonreír más.

—¿Siempre estás a la defensiva? —dice, pensativo—. ¿Te preocupas constantemente por las intenciones de los demás? ¿O se trata de una postura extremadamente feminista que te lleva a sentirte incómoda cuando un hombre hace algo tan mediocre como pagarte un café y un *muffin?*

Pues *sí* que me está leyendo.

De repente, le encuentro sentido al traje barato y al SUV oscuro.

—Trabajas para el FBI —apunto, y caigo en la cuenta de que Quantico no está muy lejos de aquí.

Se le ensancha la sonrisa.

—¿Qué te hace pensar eso?

—Para empezar, me estás trazando un perfil, lo que indica que probablemente trabajas en ese ámbito, a juzgar por el coche y la ropa. Tu amigo lleva un traje caro que usa para aparentar, pero el tuyo es menos ostentoso. Tu actitud hacia él y los comentarios en broma que le haces me llevan a pensar que estáis al mismo nivel, a pesar de la diferencia económica. Así que asumo que él proviene de una familia adinerada y tú te has labrado tu propio camino. Ese SUV no es una versión estándar. Los cristales tintados son demasiado oscuros para ser legales, pero me consta que el FBI disfruta de cierta flexibilidad por motivos de seguridad. ¿Me equivoco?

De verdad que detesto que siga sonriendo, como si en lugar de asustarse estuviera aún más intrigado. Y yo quería asustarlo.

—Tú no eres una perfiladora criminal profesional, no trabajas para el FBI y no estás vinculada a ninguna unidad militar —dice, y me deja confundida—. Llevas un estilo bohemio, pero elegante, que denota que te preocupas más por la comodidad que por la apariencia externa. Te sientas sola por elección propia y rechazas cualquier atención que se te preste. A simple vista, eres demasiado feminista para tu propio bien. Mirando más de cerca, pareces alguien a quien cuesta acercarse porque no sueles confiar en la gente. Así evitas que te hagan daño, pero también que alguien entre en tu vida. Solo por las noches, cuando cierras los ojos y te permites ser vulnerable…, te atreves a plantearte cómo sería estar con alguien.

Me trago el nudo que tengo en la garganta. Ha acertado de lleno. No debería resultarle tan fácil leerme. Llevo años entrenándome para ello.

—No tienes mascotas, dado que no hay pelo en tu ropa, salvo que sea uno de esos que no mudan. Sin embargo, no te veo permitiéndote encariñarte con un animal cuando sabes que probablemente vivirás más que él y tendrás que pasar por el dolor de perderlo. Eres distante por necesidad, probablemente debido a un pasado doloroso que te llevó a adoptar esa actitud. Una pérdida, quizá. Incluso puede que más de una. ¿Tal vez la vida te empujó a la soledad y has decidido permanecer en ella?

Cuando el corazón me da un vuelco en el pecho y reculo un paso, temblando, su mirada se suaviza aún más.

—Lo siento. Me he pasado de la raya. Me disculpo —me dice justo cuando vuelve don Arrogante.

—No he perdido la chispa. La tía esa acaba de…

Deja la frase sin terminar cuando me ve mirando fijamente al señor Perfilador. Me siento expuesta, vulnerable y como un pez fuera del agua. No estoy acostumbrada. Me he esforzado muchísimo por convertirme en una fortaleza inexpugnable.

Acaba de minar mi confianza con un simple tirón del hilo correcto.

—Coge unas cuantas botellas de agua. El viaje será largo —le dice a don Arrogante sin apartar la vista de mí.

No sé si se marcha o no, porque estoy demasiado ocupada mirando directamente a esos dulces ojos azules que parecen realmente arrepentidos.

—La vida es un asco —dice, sin venir a cuento—. Y al final te mueres. Hay que aprovechar mientras se está vivo —añade, con un tono mucho menos perspicaz que antes.

Es suficiente para romper la tensión, y una sonrisa inesperada se escapa de mis labios. Me lanza un guiño mientras se inclina hacia delante.

—Si alguna vez buscas ayuda para sentirte viva, llámame. A mí también me vendría bien un poco de vida.

Cuando se echa hacia atrás, noto algo en la mano a pesar de que no me he dado cuenta de que me colocara nada en ella. Da la vuelta al SUV, y yo lo observo con total concentración mientras se sube.

Por fin bajo la mirada hacia la tarjeta que tengo en la mano mientras don Arrogante vuelve y se sienta en el lado del copiloto.

«Logan Bennett...».

Su número aparece junto al nombre y, efectivamente, trabaja para el FBI. Cuando vuelvo a levantar la vista, está apoyado sobre el volante y me está mirando. Don Arrogante tiene la ventanilla bajada y parece molesto.

—Llámame —dice Logan, y sonríe antes de alejarse del bordillo.

La realidad es meramente una ilusión, aunque una muy persistente. Lo dijo Albert Einstein. Mi padre siempre citaba a Einstein como recurso para explicar la vida cuando nos costaba entenderla. Recuerdo que me lo citaba cuando nuestras vidas se desmoronaban. Él era quien más estaba sufriendo, y hacía todo lo posible por consolarme.

Einstein no me está ayudando a entender lo fácil que le ha resultado leerme. Lo vulnerable y expuesta que me siento en este momento.

El teléfono me vibra en la mano y, cuando bajo la vista, compruebo que es el aviso que programé.

Tengo que ser fría. *Necesito* ser fría. Si cedo un poco, se podría resquebrajar la coraza que me hace falta para ejecutar el plan en el que he invertido tanto tiempo y esfuerzo.

Me sacudo los restos de debilidad, suelto un suspiro brusco y me encamino al coche. Recorro unos veinticuatro kilómetros, encuentro la casa que buscaba y paso de largo. Espero hasta estar aparcada en un granero abandonado para ponerme los guantes, el mono y unas pesadas botas de hombre. También me ajusto las mochilas lastradas con piedras… Una a la espalda y otra al pecho.

Me acerco a la casa con sigilo, abro la puerta y, en silencio, me quito las mochilas y las coloco con cuidado sobre una silla.

En el bolso tengo todo lo que necesito, así que me lo dejo puesto. Y entonces me quito el calzado pesado, que coloco encima de la mochila sin hacer ruido.

Un movimiento en la planta de arriba capta mi atención, y subo las escaleras lentamente, atenta a dar pasos ligeros y silenciosos. Llevo un mes estudiando este suelo para saber en qué puntos cruje o chirría.

Conozco su rutina mejor que la mía. Igual que sé que, en cinco segundos, empezará a salir el agua.

Efectivamente, las viejas tuberías de la casa hacen un ruido metálico cuando el agua circula por ellas, y es entonces cuando subo las escaleras, sin importarme que crujan porque con el ruido de la ducha no puede oír nada.

Cuando llego a su habitación, miro hacia la cama de inmediato. Sé que está soltero, pero siempre me preocupa encontrarme con una mujer inesperada. Miré las cámaras en el móvil y no vi a nadie, pero aun así es un pensamiento que me suele rondar por la cabeza.

Suspiro aliviada al comprobar que no hay indicios de que nadie se haya quedado a pasar la noche. Solo están Ben y su desorden habitual.

Cuando cierra el grifo, ya estoy en posición, lista y a la espera. La vida sería más sencilla si pudiera usar una táser o tranquilizantes. De verdad que sí.

Justo cuando pasa con una toalla enrollada en la cintura, ataco con el cuchillo y le corto con fuerza el tendón de Aquiles. Los chillidos me taladran los oídos, y me doy cuenta de que aquel momento de debilidad con el señor Perfilador no afecta a lo bien que me suenan los gritos.

He dedicado demasiado tiempo, esfuerzo y constancia a esto. Debería saber de sobra que un hombre no iba a conseguir aplacarme.

Ben cae al suelo chillando de dolor y agarrándose el pie. La toalla se le suelta y deja al descubierto cada centímetro de su cuerpo desnudo ante mis ojos.

La imagen me revuelve el estómago.

Pero el pánico en su mirada me provoca un subidón.

—¿Qué coño haces? ¡Llévate lo que quieras! —grita entre sollozos, con los ojos muy abiertos y llenos de pánico mientras me acerco.

El terror me excita. Quiero que llore durante mucho, mucho más tiempo.

—Lo que quiero es que sepas mi nombre —digo con voz baja y escalofriante.

Abre los ojos todavía más y se queda pálido cuando levanto el cuchillo ensangrentado y paso un dedo por el dorso.

—No, por favor —suplica, intentando levantarse sin éxito.

Si tuviera la oportunidad, me golpearía. No soy tan estúpida como para acercarme tanto por el momento.

Me saco el cable del bolsillo trasero y observo cómo me mira.

—¿No me reconoces, Ben? —le pregunto en tono burlón, ladeando la cabeza. Hace diez cirugías, no habría tardado en reconocerme.

—No. No —grita—. No te conozco. ¡Te has confundido de persona!

Me pongo de cuclillas y noto el movimiento de su mirada. Se está preparando para atacarme ahora que estoy en esta posición. Lo interpreta como un fallo que me ha dejado indefensa.

Si él supiera...

—Era una niña de dieciséis años la última vez que me viste —digo con una sonrisa siniestra—. Ahora soy toda una adulta. «¿Quieres jugar?».

Esas dos últimas palabras son las que le permiten reconocerme. Lo percibo por la forma en que se le dilatan las pupilas, se le ensanchan las fosas nasales y un gesto de comprensión se apodera de su rostro.

—Tú —susurra—. No. No. No te pareces en nada a ella. Está muerta —añade con la misma voz queda.

—Sobreviví —contesto, y veo que el miedo empieza a desvanecerse poco a poco, como sabía que ocurriría.

Ahora mismo está recordando lo débil que era esa niñita horrorizada, aterrada y sollozante. Recuerda lo fácil que le resultó dominarme. Su mente le hace creer que sigue siendo él quien controla la situación, a pesar de la tesitura tan precaria y letal en la que se encuentra.

—Lo hiciste tres veces —continúo, con calma y en guardia, pero mostrando una debilidad fingida para que su mente siga retrocediendo a aquella noche de hace diez años—. Eso quiere decir tres trozos de carne durante los próximos tres días —añado.

Adivino lo que va a suceder antes de que se abalance sobre mí, gritando de dolor mientras intenta derribarme al suelo. Le clavo el cuchillo en el hombro, y otro grito desgarrador atraviesa el aire mientras giro y me coloco de rodillas detrás de él, justo cuando se estrella de boca contra el suelo.

Con el cuchillo todavía agarrado, se lo arranco en un abrir y cerrar de ojos, casi al mismo tiempo que le rodeo el cuello con el cable y lo enrollo con fuerza. Entonces lo ahorco, deleitándome con sus gemidos de dolor, hasta que se queda inerte e inconsciente, suspendido entre la vida y la muerte. Con la pérdida de sangre, está demasiado débil como para defenderse. Sería muy fácil matarlo ahora mismo.

Pero la muerte no le llegará enseguida.

No creo en la misericordia.

Se le extraerán tres trozos de carne mientras siga consciente.

Suplicará y rogará.

Rezará por desmayarse.

Pero lo sentirá todo.

Igual que nosotros.

Capítulo 2
LOGAN

> Como ser humano, uno está dotado de la
> inteligencia justa para ver con claridad lo
> absolutamente insuficiente que resulta esa
> inteligencia cuando se compara con lo que existe.
> —Albert Einstein

Me termino el cruasán mientras observo las imágenes grotescas de la escena del crimen.

La sangre está untada en las paredes con una brocha, igual que en los cuatro casos que conseguimos relacionar. Es una de las pocas cosas que se mantienen invariables. El sujeto desconocido siempre pinta la pared de rojo con la sangre de la víctima.

—¿Cómo eres capaz de comer viendo eso? —pregunta Elise mientras arruga la nariz y se sienta en el borde de mi escritorio.

No le respondo y pregunto:

—¿Qué sabemos de Ben Harris?

—Según el médico forense, lo torturaron durante al menos tres días. Le han cortado partes del cuerpo, igual que a los demás. Incluido el pene. —Suspira.

Me estremezco, como le pasaría a cualquier hombre. ¿Se supone que entre estas imágenes hay una de un pene desmembrado?

—Le cortaron todos los dedos —continúa, señalando la foto en la que se ven diez dedos cercenados esparcidos por el suelo—. Le vaciaron el pecho lentamente, pedazo a pedazo. El sujeto detuvo la hemorragia en cada ocasión utilizando un método de cauterización atroz. Quería que la víctima permaneciera viva durante esos tres días exactos. Parece que el pene fue lo último que le cortó. También en este caso se han encontrado marcas de ataduras y cadenas colgando de las vigas del sótano. Creemos que el sujeto desconocido se mantuvo fiel a su perfil y dejó a la víctima colgada en su propia casa. Hasta ahora, todos los hombres vivían en casas aisladas, demasiado lejos como para que los vecinos pudieran oír o ver algo.

Tampoco está decayendo. Sus ataques son controlados, bien planificados y meticulosos en cuanto a los detalles, aunque no lleguemos a comprenderlos.

—El sujeto debe de ser una mujer, teniendo en cuenta las mutilaciones genitales en todos los asesinatos —dice Craig, estremeciéndose cuando se une a nuestra conversación—. Solo una mujer podría ser capaz de cortarle el rabo a un tío.

—Por estadística, las asesinas en serie no torturan. De hecho, son mucho más eficientes y difíciles de rastrear por eso mismo —dice Elise con desdén.

—Bueno, pues será impotente. La mayoría de los asesinos en serie lo son —interviene Alan, sumándose al debate.

Con razón ni él ni Craig son perfiladores criminales.

—Creo que más bien es un sádico sexual —explica Elise—. Es probable que la impotencia influya, pero llamarlo impotente no es elaborar un perfil.

—Pues un sádico sexual impotente, ¿no? —pregunta Craig, confundido.

—Los sádicos sexuales suelen ser impotentes y buscan satisfacción sexual a través de la tortura. No se han encontrado signos de violación, pero es probable que el sujeto aún no haya evolucionado y adquirido la confianza necesaria para violar a hombres.

—Entonces, ¿es un sádico sexual gay? —insiste Craig, todavía perdido.

—Sí —dice Elise, asintiendo.

—Según los testimonios, todas las víctimas eran heterosexuales. Esa teoría habría tenido más sentido si hubieran sido homosexuales —añado—. Aunque los cinco eran del mismo pueblo, no saben de ningún hombre que quisiera matarlos a todos. De todos modos, sé que se nos está escapando algo.

—Las huellas en la tierra del camino que lleva a la casa corresponden a un calzado masculino del número 46. La pisada es sólida desde el talón hasta la punta. Nuestro experto de campo asegura que el sujeto pesa entre 95 y 97 kilos —informa Elise.

—El sujeto desconocido tiene que estar en buena forma física para ser capaz de subyugar a estos hombres como lo ha hecho. Y seguramente esté muy musculado. El individuo los somete a base de pura fuerza bruta. Al principio solo mataba a hombres dominantes, y por eso el perfil apuntaba a un asesino en serie tipo alfa. Pero

Ben, aunque estaba en buena forma y era fuerte, se mostraba muy dócil en su trabajo. Por eso tenía tanto éxito, porque le gustaba estar en un segundo plano, no al mando.

—El sadismo sexual es mucho más probable a juzgar por el último asesinato. Podría haber un detonante de frustración sexual, lo que nos ayudaría a acotar la búsqueda. También deberíamos ajustar el perfil. ¿Qué más sabemos sobre las víctimas?

—Eran los mejores de su promoción en la universidad, pero todos tenían edades diferentes: desde veintitrés hasta veintiocho años.

—El perfil victimológico solo los relaciona entre sí con el pueblo y con el hecho de vivir en casas aisladas. No han mantenido contacto entre ellos, aunque todos eran amigos cuando aún residían en el pueblo. Es posible que el sujeto odie a todos sus habitantes, pero ¿por qué? ¿Es en parte por venganza?

—Es posible —digo más para mí que para Elise.

Un asesinato en Boston. Un asesinato en Denver. Un asesinato en Long Island. Un asesinato en Maine. Y ahora un asesinato en nuestro propio territorio, en Virginia. Este tipo está por todas partes, echando por tierra el patrón habitual de caza.

Habría parecido aleatorio si no hubiéramos establecido la relación con el mismo pueblo. Pero no el mismo colegio. Tres de ellos acudían a un centro privado a dos municipios de distancia. Así que, obviamente, no se trata de una vieja rencilla de la época escolar, sobre todo teniendo en cuenta la diferencia de edad entre las víctimas, que las situaría en cursos diferentes.

—No se han registrado asesinatos allí —me quejo—. Si solo fueran dos, lo llamaría casualidad. Pero ya van cinco de ese pueblo y ninguna muerte dentro de los límites del municipio. ¿Qué sabemos de ese lugar?

—Es pequeño. Enano. Tiene quinientos habitantes. En los últimos tres años no ha habido ninguna noticia de especial interés, salvo la de un lobo que atacó a un hombre en sus pastos. Es un pueblo muy religioso.

—Los pueblos pequeños y religiosos son famosos por ponérselo difícil a los hombres homosexuales. Sobre todo en los agrícolas. Leonard y tú vais a pasaros por allí a ver qué podéis averiguar. Preguntad por un hombre en buena forma física, de más de metro ochenta de altura, de entre veinte y treinta y cinco años, que pudiera ser homosexual o mostrar interés por el sexo masculino. Dado el factor religioso, es poco probable que hubiera salido del armario. Preguntad si alguien parecía tener dificultades o mostraba nerviosismo con frecuencia después de tener algún tipo de contacto con un hombre atractivo. Todos los hombres asesinados hasta ahora estaban en forma, solteros, eran atractivos y muy promiscuos con las mujeres. Es posible que el sujeto sintiera algo por ellos en algún momento y tomara represalias porque no le correspondían.

Aprieto los labios, preguntándome qué estamos pasando por alto. El perfil parece sólido, y las pruebas lo respaldan, pero hay algo que no cuadra. Deberíamos haberlos relacionado antes, pero, dado que los asesinatos estaban tan dispersos por diferentes estados, atamos cabos hace solo dos semanas, es decir, dos semanas después de la cuarta víctima.

—¿Hay algo más que deba anotar en el perfil antes de enviarlo al departamento de policía del municipio?

—Sí —digo, tomando asiento mientras observo las fotos—. El sujeto consiguió entrar en las casas sin signos de haber forzado la entrada. O las víctimas conocían al individuo y confiaban lo suficiente en él como para dejarle entrar o no cerraron las puertas. Coméntales que este individuo habría tenido que socializar con ellos para establecer tal relación. Además, ¿sabemos ya qué trofeo se está llevando? El sujeto tiene un vínculo personal con estos hombres y está satisfaciendo una fantasía sádica con cada asesinato, aunque la violación, por ahora, no parece formar parte de ella. Evidentemente, y por el momento, obtiene placer solo con la tortura, pero, teniendo en cuenta el largo intervalo que hay entre los crímenes, necesitaría algo a lo que aferrarse hasta el siguiente. No cabe duda de que se está llevando algo como trofeo.

Un mes entre cada asesinato. El plazo no ha cambiado, y no parece que el sujeto vaya a desmoronarse pronto, si es que alguna vez lo hace. Esperaba una rápida degeneración que le hubiera hecho empezar a fallar ya.

—Ya hemos examinado los cadáveres. Ha dejado toda la carne, y el pelo está intacto. Además, a ninguno de los hombres le faltaban joyas ni ningún otro objeto personal, pero no podemos saberlo con certeza, ya que todos vivían solos y no había nadie que pudiera corroborarlo.

Estamos pasando algo por alto, maldita sea. Y me está volviendo loco.

—Vete a casa y descansa un poco. Llevas aquí toda la noche —añade Elise, colocándome una mano en el hombro—. La cabeza funciona mejor después de un rato de descanso.

—Indaga más en el pasado del pueblo. Ahí ha ocurrido algo que no sabemos y…

—Descansa —me interrumpe—. Sé cómo hacer mi trabajo. No sirves de ayuda si estás sin dormir.

Me levanto maldiciendo, cierro el expediente y lo guardo mientras Elise se marcha con Leonard hacia el norte, a Delaney Grove. Es un nombre extraño para un pueblo, y sé que tendré que verlo por mí mismo para conseguir alguna respuesta útil.

Justo cuando llego a la puerta, Craig me alcanza.

—¿Al final te llamó la chica de las estalactitas? —pregunta, con tono aburrido. Pero sé que sigue enfadado porque lo rechazara y me abordara a mí. Aunque él interpretó los hechos fuera de contexto y se negó a aceptar el verdadero desarrollo de los acontecimientos.

Repito: por eso es tan malo analizando perfiles, pero se le dan bien las relaciones públicas (el puesto que ocupa en nuestro equipo).

Abro la boca para decirle que no, sabiendo que eso le hará sentir satisfecho y encantado, pero me suena el teléfono. Frunzo el ceño al ver un número desconocido y contesto:

—Bennett al habla —respondo.

—Dices tu apellido al contestar el teléfono como si la persona que está al otro lado de la línea no supiera a quién está llamando. Es un saludo muy poco personal, lo que me hace preguntarme si también sufre problemas de desapego, agente Bennett —dice una voz femenina conocida arrastrando las palabras.

Inmediatamente esbozo una sonrisa y le guiño un ojo a Craig mientras él me observa, esperando a que sacie su curiosidad.

—¿De verdad has esperado los tres días de rigor para devolverme la llamada?

—Técnicamente he esperado unos muy poco convencionales cuatro días.

Cierto. No he dormido desde que encontramos a la última víctima ayer por la mañana. Funciono a base de cafeína y azúcar.

—Lo siento. Llevo toda la noche despierto. Para mí no empieza otro día hasta que duermo, así que sigo en el tercer día. ¿Voy a tener que esperar cuatro días entre llamada y llamada? ¿O se me permite usar este número cuando quiera? —le pregunto mientras observo cómo Craig gruñe, bufa y pone mala cara mientras se aparta de mi lado.

—¿Por qué te has pasado toda la noche despierto? —responde, eludiendo la pregunta que le he hecho.

Es una reacción típica de alguien con problemas de desapego.

—Por mi trabajo. Pierdo muchas horas de sueño y paso mucho tiempo en la carretera. Supongo que debo decirlo ahora antes de invitarte a salir, por si acaso luego tengo que cancelar la cita por culpa de dicho trabajo.

Prefiero soltarlo todo de golpe, a sabiendas de que ya es asustadiza y recelosa. En cuanto la analicé, pasó de la frialdad al tormento en apenas un instante, y esos ojos verdes atormentados se han grabado a fuego en mi memoria.

Con la guardia baja, estaba perdida, incluso preocupada por salir herida solo por hablar conmigo. Llámalo complejo de héroe, pero en ese momento me sentí atraído por ella.

—Está bien saberlo. Yo también me pierdo muchas cosas y tengo horarios un poco raros.

Ver que se está abriendo me hace sonreír aún más.

—¿A qué te dedicas? —le pregunto.

Se ríe con suavidad, y es una risa muy agradable de escuchar. No le pega nada. Es una risa relajada y desenfadada, como si ni siquiera fuera la misma chica con la que hablé hace unos días.

—Tengo una tienda *online* de compra, venta e intercambio. Me quedo con una parte de cada transacción, y tengo que verificar alguna de ellas si el trato parece demasiado bueno para ser cierto. Por ejemplo, es probable que tenga que hacer un viaje improvisado en plena noche si alguien en Florida está intentando intercambiar un yate de un millón de dólares por un coche de diez mil. No puedo aprobar semejante trueque hasta que inspeccione la mercancía en persona y compruebe que toda la documentación está en regla. En el caso de las ventas, puedo retener el dinero pagado hasta que se transfiera la propiedad. Pero los intercambios tienen que hacerlos los propios clientes. Yo solo actúo como intermediaria y, de vez en cuando, hago alguna inspección.

Escucharla hablar con tanta soltura me confunde un poco porque yo la había retratado de otra manera… Su perfil encajaba con el de alguien distante y a la defensiva, no con una persona de carácter afable. Quizás estoy algo descentrado por el cansancio y confundo la tensión con la calma.

—Suena divertido, eso sí —digo con poca convicción. De nuevo, culpo a la falta de sueño.

—No siempre. Una vez tuve que ir a inspeccionar una de esas muñecas «realistas». ¿Sabes? Esas muñecas sexuales que parecen de verdad, no como las hinchables. Valen como cinco mil dólares, y el tipo la iba a cambiar por un poni de los pequeños… Se me ponen los pelos de punta de pensar para qué.

Se me escapa una carcajada sin que pueda evitarlo y noto que ella sonríe.

—¿Eso es lo más raro que has inspeccionado?

—Aunque examinar la vagina de una mujer sintética con capacidad de succión en *todos* sus agujeros no es precisamente el culmen de mi carrera, sorprendentemente no ha sido lo más extraño.

Vuelvo a reírme, preguntándome por qué en solo cuatro días ha pasado de estar a la defensiva a volverse encantadora.

—¿Y entonces qué ha sido lo peor? —le pregunto.

—Tú primero. ¿Cuál es el caso más extraño en el que has trabajado nunca?

Lo pienso mientras me subo al coche. La mayoría de los casos en los que trabajo son graves, violentos y sádicos. Pero cuando empecé…

—Me reclutaron mientras estudiaba en la universidad después de hacer una prueba que no sabía que era para el FBI. Decidieron que tenía que trabajar para ellos, y no vi razón para negarme. En fin, mi primer caso fue uno de poca importancia en Indiana. Se trataba de un pervertido que coleccionaba bragas. A simple vista, el tipo era un depravado sexual que acabaría cometiendo delitos más graves que robar ropa interior. Por eso nos llamaron, porque todas las mujeres estaban aterrorizadas por un acosador que entraba en sus casas y les robaba la lencería. Pero cuanto más investigaba, más claro tenía que en realidad se trataba de un niño. Seguía pensando que lo hacía por una fantasía sexual. Solo más tarde descubrimos que no robaba las bragas para él. Las estaba robando para su madre, que siempre se quejaba de que «la ropa interior barata se le metía en el trasero». No te imaginas lo horrorizada que se quedó la madre cuando al final dimos con el chico. Aún no le había dado la ropa interior: la estaba guardando en una caja para regalársela en Navidad.

Ahoga un grito y luego se echa a reír, y yo me relajo en mi asiento mientras salgo de Quantico para dirigirme a mi casa.

—Suena extraño, pero al menos el crío no era un depravado sexual. —Noto un deje de tensión en su voz, pero luego se aclara la garganta mientras yo bostezo—. Sí que pareces cansado. Te dejo.

—Voy de camino a casa. Tengo treinta minutos libres. Hazme compañía.

—Mmm, veo que sigues queriendo que te sirva de entretenimiento.

Mi sonrisa se ensancha.

—Te pediría algo más que una llamada de teléfono entretenida, pero tengo que volver en cuanto duerma un poco. Hemos dado con algo nuevo en uno de nuestros casos, lo que significa que vuelvo a estar hasta arriba de trabajo.

—Mmm, ¿qué es lo que pedirías si pudieras? —pregunta, y ahora parece que está coqueteando, lo que choca con la postura defensiva que mantuvo hace solo unos días.

—Te invitaría a cenar. Puede que incluso a ver una película, si la cena va bien y no tuvieras ningún defecto imperdonable.

Ella se ríe con suavidad.

—¿Y cuáles serían esos defectos? Ya sabes, por curiosidad.

—Los normales. Comer mocos. Beber orina... Un fetiche por los consoladores con arnés que te pondrías tú para penetrarme a mí. No me va nada de eso.

Esta vez empieza a reírse más fuerte y yo la escucho, empapándome de su risa. No sé por qué siento como si hubiera logrado algo haciéndola reír. De nuevo algo me dice que probablemente no lo haga muy a menudo.

—Bueno, nunca he tenido por costumbre comer mocos. No me atrae mucho la idea de beber orina. Si me apetece beber algo parecido al pis, me tomo una cerveza. Y esconderé el arnés hasta que te sientas un poquito más cómodo con tu sexualidad como para darle una oportunidad.

—Ahora pullitas a mi sexualidad. Genial —digo en tono seco, escuchando cómo se ríe un poco más mientras sigo sonriendo.

—Bueno, ¿y cómo elaboras el perfil de las personas? —pregunto cuando su risa se disipa.

—¿Cómo lo hago? ¿O por qué lo hago? —replica ella.

—Ambas cosas.

—Bueno, si es en persona, lo hago principalmente basándome en el lenguaje corporal y en las microexpresiones, por supuesto. Presto atención a la redacción cuando es por escrito. Escucho el tono y la forma de hablar por teléfono. Lo hago por la página web que gestiono, para saber distinguir a los farsantes de los usuarios honestos.

—¿Te encargas del negocio tú sola? —pregunto, tratando de recopilar más información personal.

—Tengo un socio. Él se encarga de toda la parte tecnológica y creó un programa para identificar posibles cuentas falsas. Nos ahorra mucho trabajo manual, aunque seguimos revisando las cuentas personalmente.

—¿Y este socio es solo un amigo? —pregunto, indagando más.

Duda un instante, pero después se la nota divertida:

—Si me estás preguntando si estoy soltera, la respuesta es sí. Desde hace bastante tiempo. No te habría llamado ni coqueteado contigo si estuviera con alguien.

—Pues es una mierda no poder invitarte a salir esta noche antes de que te canses de esperar a que tenga un segundo libre. Voy a estar haciendo horas extras para buscar nuevas pistas. Pero, si te apetece tomar un café, podemos quedar en el lugar donde nos conocimos cuando esté de vuelta a la oficina en unas horas. ¿A las cinco o así?

—Prefiero tomar café por las mañanas, pero te dejo que me invites a un *muffin*. Tienen unos para chuparse los dedos.

—El café, por las mañanas —repito, esbozando una sonrisa—. Tomo nota.

—¿Está ligando conmigo, agente Bennett?

—Puede que un poco. ¿Vas a decirme tu nombre?

—Ah, es verdad. No sabes cómo me llamo. Es peligroso hablar con extraños, ¿sabes?

—Estoy al tanto. Me dedico a la perfilación de criminales en serie.

Es una chica menuda, con ojos atormentados, pero bromea diciendo que debería tener cuidado con ella. Estoy seguro de que saber que tengo una placa la tranquiliza; da por sentado que todos los agentes de la ley son almas bondadosas con buenas intenciones.

Eso me dice que nunca ha tenido problemas con la justicia ni ningún tipo de conflicto con ella.

—¿Criminales en serie? —pregunta ella, con la voz un poco entrecortada, recordándome lo que he dicho.

—Asesinos en serie. Pasé de ladrones de bragas en serie a asesinos. Espero que no te importe. En el pasado ha sido un problema a la hora de mantener una relación.

Ella se aclara la garganta.

—Pues… no me importa. ¿Pero no deberías ocultarles ese tipo de cosas a extraños?

—No es información reservada. He aparecido hablando en las noticias un par de veces. Además, me gustaría que no fuéramos desconocidos. Así que ¿cómo te llamas?

Guarda silencio durante más tiempo del que me gustaría. La he interpretado bien y mal, pero no tengo claro hasta qué punto en ninguno de los dos sentidos. Así que ni me molesto en adivinar por qué está callada.

—Me llamo Lana. Lana Myers. No dude en investigarme, señor Perfilador.

Recupera el tono relajado mientras tomo la última carretera de camino a casa.

—Prefiero que me sorprendas, Lana Myers. Solo hago una comprobación de antecedentes no invasiva para asegurarme de que no seas una delincuente o una fugitiva. Eso podría suponer un problema, dado mi trabajo —digo, riendo con suavidad.

Ella también se ríe y luego suspira.

—¿Nos tomamos un café después? —le pregunto.

—Un *muffin,* ¿recuerdas?

—Cierto. Perdona. La falta de horas de sueño.

—Le veo luego, agente Bennett.

—Dalo por hecho —le digo en medio de un bostezo mientras aparco en casa.

Cuelga, e inmediatamente le mando un mensaje con su nombre a Hadley.

HADLEY: ¿Qué busco?

YO: Solo antecedentes penales.

HADLEY: Hecho. Está limpia.

YO: Qué poco has tardado.

HADLEY: Eso dijo ella.

Me guardo el móvil con una risita y entro. Mi mente está cansada, pero sigue repasando los hechos del caso, pensando en cualquier cosa que podamos estar pasando por alto.

El sujeto tortura a sus víctimas durante varios días, pero no siempre el mismo número. Con el último fueron tres días. Dos días para cada una de las dos primeras víctimas. Cuatro días para el tercero y el cuarto. La falta de consistencia no tiene sentido, al igual que la carne que se extirpa. Siempre es distinta, excepto por la maldita mutilación de los genitales. A veces les corta todos los dedos. Otras veces, no.

Mi casa está vacía y en silencio, y parece un tanto inquietante teniendo en cuenta el caso en el que estoy trabajando. Todas las víctimas son un reflejo de mí mismo. Solteros. Solos. En buena forma física. Instalados en una zona aislada. Adictos al trabajo.

Mi vecino más cercano vive a casi dos kilómetros.

Nadie se da cuenta de que las víctimas llevan días desaparecidas. Todas llaman para decir que no irán a trabajar. Se trata de una grabación con la voz de un hombre, según podemos deducir, ya que usa exactamente las mismas palabras.

Obviamente, ninguna de las empresas graba esas llamadas, así que tenemos que confiar en la persona que la recibe.

El último cuerpo fue encontrado gracias a que uno de sus compañeros de trabajo fue a averiguar al cuarto día por qué no había ido a trabajar y no había llamado para avisar.

Es triste saber que nadie fuera del trabajo se dio cuenta de que habían desaparecido. Podría ocurrir lo mismo conmigo.

Echo un vistazo por toda la casa, como de costumbre, buscando cualquier cosa fuera de lugar. Cuando me aseguro de que todo está en orden, suelto la pistola, activo la alarma y me dejo caer sobre la cama.

Cierro los ojos y espero ver imágenes de cadáveres, como siempre.

Pero en su lugar, me pierdo en un par de ojos verdes atormentados que volveré a ver más tarde.

CAPÍTULO 3
LANA

Cuando cortejas a una muchacha hermosa, una hora parece un segundo. Cuando te sientas sobre una brasa al rojo vivo, un segundo parece una hora. Eso es la relatividad.

— ALBERT EINSTEIN

Han pasado las cinco y empiezo a mirar el reloj, preguntándome si esta vez sí que me han dejado plantada de verdad. No sé qué me animó a llamarlo, tontear con él y luego aceptar una cita. Tal vez sea porque necesito sentirme menos como un monstruo insensible y más como una mujer.

Yo sobreviví. Otros murieron.

Yo sobreviví, pero me siento muerta.

Tal vez quiera sentirme viva, ya que puede que mi tiempo sea limitado. Debería apreciar

49

cada momento… que no paso saldando una vieja deuda. No es que sea precisamente romántico pensar en un chico mientras estás cortando a otro en pedazos, pero no fui capaz de quitarme a Logan de la cabeza en los tres días que pasé saldando mi deuda con Ben.

Aunque no estaba en esos oscuros recovecos de mi mente que reservo para la venganza. No. Logan estaba en las partes buenas que creía que ya no existían. Despertó una luz que hacía tiempo se había apagado, como si no todo lo bueno que yo tenía dentro hubiera quedado destruido.

Justo cuando estoy a punto de mandarle un mensaje para saber si está bien, de repente alguien se desliza en el asiento delante de mí y levanto la vista para encontrarme con unos dulces ojos azules. Podría pasarme todo el día mirando esos ojos. El resto también está a la altura de esa mirada perfecta.

Él es pecado y placer unidos en un paquete que me muero por abrir.

—Lo siento mucho —dice con un gruñido, y le hace señas a la camarera para que venga—. Había atasco. Hasta he tenido que abusar de mi poder y encender las luces para poder pasar.

Me sorprende cada vez que logra hacerme sonreír.

—No pasa nada. Solo estaba preocupada —miento. Bueno, más o menos. Estaba preocupada por él, y preocupada por que me hubiera dejado plantada.

Su sonrisa es sincera e instantánea cuando comprueba que no estoy cabreada, hasta que aparece la camarera y pone fin al momento de dos idiotas sonriéndose el uno al otro.

La verdad es que no recuerdo la última vez que sentí mariposas en el estómago. Solo era una adolescente cuando mi vida se desmoronó y la ilusión de ser normal quedó para siempre lejos de mi alcance.

Hace muchísimo tiempo que no me sentía tan humana. Y no es más que un café rápido de camino al trabajo.

Ambos pedimos, y la camarera se aleja después de darle un repaso rápido a él y guiñarme un ojo a mí, como si me diera el visto bueno. Ni que necesitara su aprobación.

—Bueno, ¿y qué te hizo aceptar quedar conmigo? —pregunta, yendo al grano, por lo que parece. Supongo que es lo más inteligente, ya que tenemos un tiempo limitado. Por no mencionar que se dedica a interrogar a la gente, lo que lo convierte en la forma más natural de empezar una cita con él.

Decido no contarle que me hace sentir como una mujer en lugar del monstruo en el que me he convertido, porque me encerraría y tiraría la llave.

—¿Qué te hizo querer pedirme una cita? —le pregunto, en su lugar.

Su sonrisa se hace aún más amplia.

—Estás desviando el tema, pero no voy a tenerlo en cuenta. He estado pensando en ti. Te toca —dice, inclinándose con los codos sobre la mesa.

—Yo también he estado pensando en ti.

—Ah, eso es hacer trampas. No puedes repetir lo mismo que yo para no revelar demasiado. Es un mecanismo muy habitual en personalidades distantes.

—Deja de analizarme —digo con una sonrisa juguetona, pero en el fondo deseo de verdad que pare.

¿Qué pasa si descubre demasiado? ¿En qué coño estoy pensando? Salir con él es la cosa más estúpida que he hecho.

Por fin quedo con un chico al que me apetece ver, tal vez incluso con el que salir, ¿y tiene que ser justo el que puede calarme?

Me está estudiando con demasiada intensidad, pero mantengo la sonrisa con la esperanza de que no parezca forzada.

—Gajes del oficio. No puedo evitarlo. Ojalá pudiera, pero soy incapaz.

Estupendo.

Sigue esperando que reaccione, y yo trato de pensar cuál es la mejor forma de actuar. ¿Cómo reaccionan las mujeres normales? ¿Se les cae la baba con la placa y lo bien que hace su trabajo? ¿Se ofenden cuando reconoce que las está analizando continuamente, como si eso no les dejara tener privacidad? No tengo ni idea.

—¿Y eso te ha afectado mucho a la hora de tener citas? —pregunto, después de decidir no reaccionar en absoluto y mantener el rostro impasible.

Él gruñe mientras sacude la cabeza y se reclina.

—Más de lo que me gustaría admitir. Las mujeres prefieren contarme cómo se sienten en lugar de que se lo diga yo. He intentado dejar de hacerlo, pero no puedo. Considéralo una excentricidad de mi personalidad. Contigo tenía esperanzas porque parece que eres igual.

Me mira a los ojos y parece realmente esperanzado. Tiene razón. Yo hago lo mismo. Pero por razones completamente diferentes.

Él imparte justicia lo mejor que puede.

Yo reparto venganza, tal y como debe ser.

—¿Cómo es tu vida amorosa? —pregunta, hurgando una vez más.

«Como una telaraña con un montón de bichos muertos encima...». De nuevo, no es la respuesta más apropiada.

Mientras la camarera viene y nos sirve lo que hemos pedido, intento pensar en la mejor respuesta y espero a que se vaya para contestar.

—Ahora mismo, inexistente.

—Au —dice, pero sonríe.

—Bueno, no justo en este momento —respondo, sintiendo que esa sonrisa tonta e incontrolable se extiende de nuevo.

—Háblame de ti. —Me hace un gesto con una mano mientras con la otra se lleva el café a los labios.

—Tengo veintiséis años. Soy nueva en esta zona. Siempre estoy de aquí para allá. Y tengo una extraña fijación por los calcetines. ¿Y tú?

Frunce el ceño, como si hubiera algo que no le gustase.

—¿Te mudas mucho? —me pregunta, sin responderme.

Supongo que es lo nuestro. Evitar las preguntas del otro para formular las nuestras.

—Sí. He vivido en casi treinta estados distintos. Mi infancia fue bastante aburrida. Vivíamos en un pueblo pequeño, donde todo el mundo se conocía y se enteraba de todo. Cuando mis padres fallecieron, la situación empeoró. En fin, he vivido en muchos sitios, intentando encontrar un lugar al que poder llamar hogar.

—¿Ha habido suerte aquí? —pregunta, y se aclara la garganta.

—Puede ser —digo, encogiéndome de hombros.

Apenas lo conozco, así que soltarle que es el primero que despierta tanto interés en mí sería pasarse de la raya.

—Entonces tus padres… —Deja que sus palabras se apaguen, como si le costara formular del todo lo que quiere saber.

—Tuvieron un accidente de coche —miento en parte, y fuerzo una sonrisa tensa.

—Lo siento —dice, y deja escapar un suspiro.

—Fue hace años. ¿Y qué me cuentas de ti? —pregunto, desesperada por cambiar de tema.

Me lanza una sonrisa, pero no se refleja en su mirada.

—Tengo veintinueve años. Soy dueño de una casa en un terreno tranquilo. Era de mi padrastro, pero me la dejó antes de morir. Mi madre vive con su nuevo marido en Miami. Así que estoy solo.

—¿Y tu padre biológico? —Me doy cuenta demasiado tarde de que estoy indagando más de la cuenta cuando yo no quiero que él haga lo mismo.

Ninguno de los dos tiene ocasión de curiosear.

Le suena el móvil, captando su atención, y suspira de un modo que deja claro que nuestra charla corta pero agradable ha terminado.

—Joder —dice en voz baja, lo que me hace apretar los labios.

No es más que una palabra, pero me estaba empezando a preocupar que fuera un santurrón.

Vuelve a mirarme a los ojos.

—Siento tener que irme tan pronto, pero…

—No pasa nada —le interrumpo, ignorando la punzada de decepción.

Deja un billete de veinte, más que suficiente para pagar la cuenta, que ascenderá a unos diez dólares.

—Lo siento de verdad —dice, maldiciendo por lo bajo mientras se pone de pie.

Me levanto y la situación se vuelve aún más incómoda, porque no sé si debería darle un abrazo, evitar todo contacto o despedirme con la mano como una idiota.

Me despido con la mano como una idiota.

«Tierra, trágame».

Él sonríe, con una ceja enarcada.

—¿Te llamo después? —me pregunta, y su media sonrisa se transforma en una de verdad.

Estoy demasiado ocupada sintiéndome como una imbécil, así que me limito a asentir. No confío en que lo que pueda llegar a salir de mi boca sea menos estúpido que la ridícula despedida con la mano que todavía mantengo. Es como si se me hubiera desconectado del cerebro, porque la muy puñetera no deja de moverse.

Esta vez le suena el móvil, se da la vuelta y se aleja antes de responder. Me dejo caer de nuevo sobre mi asiento, preguntándome cómo puede ser más sencillo planear un crimen atroz que tener una cita.

El mundo se ha ido a la mierda.

CAPÍTULO 4
LANA

La fuerza siempre atrae a hombres
de escasa moralidad.
— ALBERT EINSTEIN

LOGAN: Filete. Voy a llevarte a comer un filete.
Puede que incluso langosta. ¿Te gustan la
carne roja y el marisco?

Sonrío cuando veo el mensaje aleatorio de
Logan. Ayer me sentía incómoda, pero luego
me llamó y me hizo olvidar lo inexperta que
soy en todo esto, porque no pareció darle importancia. En todo caso, parecía más intrigado.

YO: Sí y sí. También me gusta el vino.
Solo para que lo sepas.

LOGAN: Vino, entendido. ¿Qué haces hoy? ¿Por casualidad no estarás por la ciudad para tomar otro café? ¿O más bien un muffin?

Termino de ocultar la última cámara sobre la puerta de la entrada. Entrar no fue fácil, ya que tanto Tyler como su mujer cierran las puertas con llave inmediatamente después de entrar o salir de casa. Pero al final logré colarme y dejar una ventana abierta para más tarde.

No hay ninguna alarma instalada. Solo uno de los objetivos que tengo en mente dispone de sistema de seguridad. De eso se encargará Jake. Él sí que es un buen amigo. ¿A cuántas personas te acercas, les dices que quieres venganza, les cuentas tu plan y luego te ayudan a evitar que te pillen?

Cojo el móvil y contesto el mensaje de Logan, y me resulta extrañamente relajante mantener una conversación normal mientras estoy trazando un plan.

Igual sí que estoy pirada.

YO: Hoy no puedo. Estoy verificando un intercambio. No volveré hasta mañana.

No es del todo mentira. Sí que he verificado un intercambio... Solo que ha dado la casualidad de que ha sido en la misma ciudad.

La mujer de Tyler está fuera, en un congreso de trabajo, lo que me deja muchísimo tiempo para revisar su casa.

El suelo es nuevo, igual que el resto de la casa. Que no cruja es una auténtica maravilla. El teléfono me vibra en el bolsillo mientras recorro los pasillos para comprobar todo aquello que pueda ser un problema.

LOGAN: Mañana yo estaré a unos pueblos de distancia. Ahora mismo estoy trabajando en varios casos. Parece que la gente no puede dejar de matar a otras personas.

Hay que joderse con la ironía.

Somos tan incompatibles que no resulta ni gracioso.

Si él hubiera presenciado la misma maldad que yo, entendería por qué algunas personas merecen morir.

YO: ¿Alguna vez has tenido que matar a alguien?

Estoy bastante segura de que no es lo mejor que se le puede preguntar a un chico con el que solo has tenido una cita en una cafetería (si es que a eso se le puede llamar cita).

LOGAN: Muchas veces. No todos los casos terminan con el culpable entre rejas, por desgracia.

Bueno, pues si ha matado a muchas personas de la misma forma y con la misma metodología y razonamiento…, técnicamente, él también es un asesino en serie. A ver, yo torturo a mis víctimas primero, pero eso ya es querer sacarle punta a todo.

LOGAN: ¿Eso te preocupa?

Suelto una carcajada antes de poder contenerme y gimo, negando con la cabeza, agradecida de que no haya nadie para oírme. No creo que el humor negro me ayude mucho en esta relación.

YO: Para nada. Estoy segura de que no te quedaba más remedio, o de lo contrario no lo habrías hecho.

A veces las personas no encuentran justicia. A veces tienen que tomársela por su propia mano.

—¿Quieres jugar, Victoria? Sabes que sí. —Siento que el aliento de Ben me corroe la frente, y consigo levantar la rodilla para estampársela en el costado.

Maldice y gira la cabeza.

—¡Sujétala! —le grita a Tyler—. O me aseguraré de que te dé unos cuantos golpes a ti también.

Un grito atraviesa la noche, pero no es mío. Me niego a que me oigan gritar.

—Qué bien suenan tus gritos —oigo decir a Kyle, riendo en alguna parte detrás de nosotros, pero no lo veo ni a él ni lo que está haciendo.

Y no quiero verlo.

Ni siquiera quiero ver lo que me están haciendo a mí.

Los recuerdos solían dejarme hecha un ovillo y llorando durante horas. Ahora me dan fuerzas. Alimentan mi misión. Me impulsan hacia delante.

Despiertan mis ganas de matar.

Sacudo la cabeza y me muevo más rápido por la casa para esconder la última cámara en el osito de la cama de Tyler. Por lo visto, a su mujer le gustan los animales de peluche. O al menos espero que sea a su mujer a quien le gustan. No me haría ninguna gracia descubrir que he temblado de miedo por un tío que llora abrazado a su osito de peluche.

En cuanto entro en la última habitación, me doy cuenta de que está insonorizada con un montón de paneles de aislamiento acústico, de los que usan los músicos. Como no hay sótano, esta será la habitación ideal. No tiene ventanas.

En esta habitación no colocaré cámaras.

Hay varias guitarras formando una fila, todas ellas perfectas y relucientes.

Su vida entera es perfecta y reluciente. Igual que la de todos ellos.

Me muero por pintarla de rojo.

Capítulo 5
LOGAN

Lo único realmente valioso es la intuición.
— Albert Einstein

—¿Quién es la chica? —pregunta Elise, y se aclara la garganta mientras se sienta en el borde de mi escritorio.

Estoy sonriendo cuando dejo el teléfono, pero oculto mi expresión.

—No sé de qué me hablas —miento, y controlo todas mis microexpresiones.

—Puedes mentir todo lo que quieras, pero te delatas tú solo cada vez que miras el móvil. Solo hay dos cosas por las que un chico le sonríe así al teléfono. El porno o una chica.

Desvío la mirada con una risita y estudio las nuevas pruebas del caso de «El Hombre del Saco». Odio que los medios de comunicación pongan nombre a los asesinos. Eso solo contribuye a aumentar sus delirios y a prestarles la atención que tanto ansían. Por suerte, aún no se han enterado del caso de las víctimas mutiladas y torturadas. No quiero ni saber qué nombre se les ocurriría para esto.

—Vamos a enviar un equipo a Boston para seguir las nuevas pistas sobre los asesinatos perpetrados allí. Hemos aislado el territorio en el que se mueve y hemos reducido la lista de sospechosos. ¿Te parece bien ir tú? Yo me quedaré para seguir con el caso de las mutilaciones y asesinatos.

Ella deja escapar un suspiro largo.

—Claro. Iré a Boston. Pero deja de mirar esas fotos. Vas a tener pesadillas —dice, haciendo un gesto hacia las imágenes esparcidas en mi escritorio. Siempre tengo copias de las pizarras en mi mesa. Ver las cosas desde distintos ángulos te ayuda a captar lo que de otro modo podrías pasar por alto.

—Tengo que encontrar el verdadero móvil detrás de estos asesinatos. —Señalo a la última víctima, muerta y castrada.

—A veces no hay un móvil. Hemos establecido el perfil del sujeto como una persona sexualmente frustrada, muy posiblemente por ser incapaz de aceptar su homosexualidad. Como resultado de ello, está en proceso de convertirse en un sádico sexual una vez que lo asuma. Es probable que estos hombres se burlaran de él, lo ridiculizaran o lo rechazaran. La policía local está tardando en respondernos. No creo que se estén tomando a este tipo tan en serio como deberían. Hablé con varios vecinos, pero daba la impresión de que para ellos era imposible que allí pudiera haber gais. Como si fuera una blasfemia planteárselo siquiera. Hubo un momento en que me dieron ganas de enseñarles una foto de mi hermano y su marido solo para escandalizarlos.

Apreté los labios.

—Cuanto más pequeño es el pueblo, más reacios son a los forasteros. No les gusta que nos entrometamos en su municipio, y ni de coña querrán que estemos allí aireando ningún trapo sucio que pueda manchar su reputación. Pero en algún momento tendremos que montar allí el operativo. Seguro que el sujeto vuelve para el desenlace —digo, con la respiración pesada.

Ella asiente poniéndose de pie y cogiendo las llaves de mi escritorio antes de mirarme fijamente mientras sigo sentado.

—Solo un pequeño recordatorio… Aquí todos somos adictos al trabajo. Así formamos este equipo. Siempre llevamos tres o más casos al mismo tiempo, aunque en la tele les guste dar a entender que solo estamos con uno y encima tenemos tiempo libre. Salir con alguien…, bueno, no es tan fácil. Por algo estamos todos solteros, divorciados o ambas cosas. A menos que te líes a escondidas con alguien que trabaje aquí, nunca llegas a ver a la persona que te espera en casa.

Se da la vuelta y se aleja, lanzándome una mirada por encima del hombro. Yo le resto importancia. Tenemos algo de tiempo libre. No es mucho, pero es suficiente. No me gustaría saber que me pasé toda la vida persiguiendo a perturbados hasta que acabé muriendo solo.

YO: Tenemos que volver a vernos, en serio.
Hablar por mensaje es una mierda.

LANA: Estoy de acuerdo.
Tengo calambres en los dedos.

YO: ¿Tienes tiempo dentro de dos días? No tengo planes para el desayuno.

LANA: Dentro de dos días estaré en Virginia Occidental. ¿Qué te parece mañana?

YO: No puedo. Tengo que volar a Boston para una reunión rápida. Volveré mañana por la noche, pero tengo muchísimo trabajo por terminar. Hasta bien pasada la medianoche no podré marcharme. SI es que me marcho.

LANA: Bueno, hablar por mensaje no está tan mal, ¿no?

Me río y suelto un quejido, acomodándome en el asiento, cuando Craig entra en mi despacho.

—Por fin me ha devuelto la llamada el *sheriff* del condado del pueblo ese. Acabo de hablar con él por teléfono. Resulta que vive allí y, al parecer, se cree director de todos los departamentos de policía del condado. En fin, me ha dicho que en su pueblo «no hay gais». Que «eso es para la gente de ciudad que ha olvidado cómo ser hombres y mujeres». —Craig pone los ojos en blanco y yo suelto un taco.

—La represión es el caldo de cultivo perfecto para los asesinos en serie. Que niegue que haya alguien que pueda ser distinto de lo que él quiere que sea no va a ayudarnos a encontrar al sujeto antes de que vuelva a atacar.

—Se lo he dicho casi con esas mismas palabras. Pero no ha dado su brazo a torcer. Cree que es una coincidencia que mataran a esos «pobres chicos». Lo atribuye al hecho de que se mudaran lejos de casa, ya que el resto del mundo está plagado de maldad. Estoy bastante seguro de que tiene mentalidad sectaria y no me sorprendería que todos los pueblos de los que es *sheriff* estén cortados por el mismo patrón.

—Vamos a tener que crear un perfil del pueblo entero si nadie dice nada —refunfuño.

—¿Crees que el sujeto sigue viviendo allí? —pregunta antes de sentarse en la silla delante de mi mesa.

—Creo que es poco probable, pero no imposible. No tenemos información suficiente para establecer un perfil más específico.

Entrelaza los dedos delante de la boca, con la mirada perdida en lo que hay encima de mi escritorio.

—Los medios de comunicación inventarán todo tipo de teorías si se enteran de esta historia antes de que podamos ofrecer un perfil más concreto —dice, de forma distraída.

—Soy consciente de ello. Al menos sabemos que el *sheriff* no va a difundir la historia antes de que estemos preparados.

Él asiente con la cabeza, todavía con la mirada perdida.

—No entiendo cómo lo haces —dice, apartando la vista de una de las fotografías—. ¿Cómo consigues meterte en la cabeza de alguien tan enfermo y sádico?

—¿Cómo lidias con las mil preguntas de los medios? —pregunto, encogiéndome de hombros—. Todos tenemos nuestros puntos fuertes. Yo no me meto en sus cabezas. Me adentro en su psique. Es la única forma de comprender su mentalidad delirante, porque no puedes pensar como una persona racional. Una mente retorcida construye su propia realidad. Por eso necesito saber más sobre estos asesinatos. No está dejando demasiadas pistas con las que unir las piezas del puzle.

Capítulo 6
LANA

Admito que los pensamientos
influyen en el cuerpo.
— Albert Einstein

Mi vida ha empezado a girar alrededor del sonido de un teléfono. Bueno, ha sido así los últimos cinco meses, pero con un móvil distinto.
Normalmente es el teléfono clonado el que me
hace salir corriendo a cogerlo. No mi teléfono
de verdad. No hasta que apareció el agente Logan Bennett hace un par de semanas.

LOGAN: Craig acaba de preguntarme
si eras lesbiana.

YO: ¿Quién es Craig?

LOGAN: No te haces a la idea de lo mucho que me gusta esa respuesta.
De hecho, acabo de atraer unas cuantas miradas curiosas por reírme.

No tengo ni idea de por qué lo encuentra tan gracioso.

YO: En serio, ¿quién es Craig?

LOGAN: Tengo muchísimas ganas de volver a verte.

YO: Bueno, pues dejemos nuestros trabajos para que por fin podamos tener una cita.

LOGAN: Con la de callejones sin salida en los que me encuentro ahora mismo en todos mis casos, empiezo a preguntarme si no es hora de cambiar de profesión.

YO: Por si te hace sentir mejor, yo también me he planteado cambiar de ocupación. Ayer conocí a un tipo que intercambiaba todos los consoladores de su mujer por una máquina de agua a presión. -.-

La mujer se pilló un buen cabreo cuando aparecí para comprobar la calidad de los «juguetes».

Al menos eso es verdad. Odio tener que mentirle.

LOGAN: Acabo de escupir el café por todo el escritorio.

> **YO:** Qué casualidad. A ella le gustaba escupir también. Me lo contó su marido, como si a mí me importara. #demasiadainfo.

LOGAN: Basta. Para, por favor. Me están tomando por loco de tanto reírme.

> **YO:** No ha sido el encuentro más incómodo que he tenido, pero desde luego tampoco lo incluiría en mi lista de mejores momentos.

LOGAN: ¿Entonces no se efectuó el intercambio de los consoladores por la máquina de agua a presión?

> **YO:** Qué va. Y doy por sentado que los va a necesitar más que nunca, porque él no va

a tocarla en mucho tiempo, según ella. No
estaba muy contento cuando me fui. Por lo
visto, fue culpa mía por aparecer una hora
antes, de lo contrario ella no hubiera estado.

LOGAN: Vale. Tú ganas.
No puedo competir con eso.

YO: #objetivosvitales.

LOGAN: ¿Siempre vas a la cafetería
donde te conocí?

YO: Eeh… Menuda forma de cambiar
de tema, pero sí, así es.
Me mudé aquí hace poco más de
un mes y ahí fue donde me tomé
la primera taza decente.

LOGAN: Entonces ojalá hubiera parado ahí
antes de ese día. Estuve de permiso dos
semanas antes. Podríamos haber estado
haciendo esto en persona.

YO: ¿Tú no sueles ir?

LOGAN: Esa era la primera vez. Craig y yo
fuimos a hablar con algunos de los altos

mandos sobre ciertas medidas de seguridad. Solo paramos allí ese día porque nuestro local habitual estaba cerrado por reformas.

YO: Ah, ¡ESE es Craig!

LOGAN: ¿En serio no te acordabas de su nombre?

YO: Solo me quedo con los nombres de la gente que me gusta o a la que quiero matar.

Me estremezco cuando lo releo, y me doy cuenta de que no es la mejor broma (aunque sea verdad) para hacerle a un agente del FBI.

LOGAN: Espero estar en la lista buena.

Dejo escapar un suspiro, y luego sonrío ante la broma macabra, ahora que sé que no se la ha tomado en serio.

YO: Pues sí. Ahora mismo encabezas la lista buena. Hace mucho que no sonreía como lo hago cuando hablamos.

LOGAN: Debería haberte besado.

El corazón me retumba en el pecho cuando vuelvo a leer el mensaje. Luego lo leo de nuevo. Y otra vez. Y una vez más.

Cada vez que lo hago, siento un cosquilleo en el estómago e intento procesar todas las extrañas reacciones que me provoca. Me hace sentir y actuar como la persona que nunca pensé que volvería a ser, y eso que apenas lo conozco. Solo lo he visto dos veces.

Sin embargo, no pasamos un solo día sin hablar. Y es lo mejor de mi día.

Cada día.

En cada ocasión.

Con cada palabra.

YO: Sí. Deberías haberlo hecho. Así me habría ahorrado el gesto tan incómodo que hice con la mano.

LOGAN: Fue MUY torpe, pero adorable.

YO: Ja. Muy gracioso. Ya veo cómo va la cosa. Hace mucho que no salgo con nadie.

En realidad, solo han pasado unos siete meses, pero, como siempre, mi interés se esfumó al cabo de un mes porque nunca surgieron los sentimientos que yo quería experimentar. Detectaba un atisbo de la chispa que siento con Logan, y la forzaba en un intento desesperado por sentir algo más que ira, odio, rabia…, desolación.

Pensé que había perdido esa habilidad. Pensé que me la habían arrebatado de alguna forma.

Entonces apareció exactamente lo que había estado buscando desde antes de empezar la lista negra. El problema es que es mi antítesis, y no en el mejor de los sentidos. Es decir, yo mato a gente y él atrapa a asesinos. Y no puedo detenerme. Ojalá no lo hubiera conocido tan al principio de mi lista.

Todavía quedan muchos nombres en ella. Aún tengo que enmendar muchos errores. Me suena el teléfono, bajo la mirada y sonrío antes de poder evitarlo.

LOGAN: Entonces definitivamente debería haberte besado.

Capítulo 7
LOGAN

La imaginación es más importante que el conocimiento. El conocimiento es limitado. La imaginación abarca el mundo entero.
— Albert Einstein

—Sabemos por los cinco asesinatos anteriores y las mutilaciones que la frustración sexual y el posible rechazo fueron los motivos principales. —Aunque creo que hay mucho más detrás de todo esto—. Quizás el sujeto se siente inferior, posiblemente debido a alguna situación de rechazo o algo aún más grave que le haya ocurrido en el pasado. Tenemos que encontrar una conexión, y puede estar en el pueblo. Leonard y Elise han vuelto a Delaney Grove en busca de alguien que pueda hablar. Por ahora, los demás nos quedaremos aquí, donde ocurrió el último asesinato. Es la escena del crimen más reciente —le digo al grupo.

Todos recogen sus carpetas y expedientes y yo me voy a mi despacho, demasiado cansado como para pensar con claridad. Durante las últimas dos semanas, he echado cabezadas en el despacho o he conducido hasta casa para dormir unas cuantas horas.

A diferencia de la mayoría de los asesinos en serie, este no está aumentando el ritmo ni el factor de riesgo. No se está volviendo más temerario, lo que significa que sigue siendo más inteligente. Lo cual es un fastidio para nosotros, porque no comete ningún error.

Nos vamos a quedar sin pistas. Una semana más y podríamos tener otro cadáver a nuestros pies.

Mi móvil suena y miro el mensaje. Sonrío cuando veo de quién es. No tengo ni idea de por qué se molesta en comunicarse conmigo, porque lo único que hemos hecho es mandarnos mensajes y hablar por teléfono desde el día en que tuve que dejarla colgada en la cafetería.

LANA: Siempre me he reído del concepto de mantita y Netflix, pero ahora le veo el atractivo.

YO: Ni siquiera tengo tele.

LANA: ¿¿¿¿QUÉ???? ¿¿¿¿Cómo puede ser eso????

YO: No dejo de posponer la decisión de comprarme una…

LANA: Lo siento, agente Bennett. Esto tiene que acabar ahora.

YO: Al menos llámame por mi nombre antes de dejarme.

LANA: Agente Bennett suena más sexi.

Eso me hace sonreír de medio lado.

YO: Anda. ¿Te ponen las esposas?

LANA: Las ataduras son un no rotundo. No son lo mío. Pero no me negaría a usarlas contigo… Si alguna vez llegamos a ese punto, claro está.

La polla se me agita dentro de los pantalones, y cuento mentalmente los meses que han pasado desde la última vez que tuve tiempo siquiera de pensar en sexo. Cuando voy por el quinto, dejo de contar, porque es deprimente. Me harán falta unas cuantas citas con mi mano antes de intentar lanzarme a por Lana sin hacer el ridículo.

YO: ¿Cenamos mañana?

LANA: ¿Puedes?

YO: No hay nuevas pistas en el caso, así que tengo un rato libre.
No será mucho tiempo, pero tiene que ser mejor que hablar siempre por mensaje.

LANA: No estoy muy segura del protocolo que hay que seguir en esta situación.

Frunzo el ceño al leer su último mensaje.

YO: ¿Qué protocolo?

LANA: ¿Puedo aceptar una invitación de última hora para cenar? ¿O está mal visto parecer tan disponible con tan poca antelación? ;)

Eso me hace sonreír y reírme en mi fuero interno mientras me recuesto y miro el reloj. Son más de las nueve, pero tengo muchas ganas de verla ahora mismo.

YO: Conmigo habrá muchas invitaciones de última hora, así que espero que seas el tipo de chica que está disponible… Y también que eso suene mejor al decirlo en alto.

LANA: Suena… No, mejor que no. No suena bien, pero entiendo lo que quieres decir. Acepto la cena. :) Esta vez espero irme con algo más que una despedida torpe con la mano.

Levanto el puño en señal de victoria y luego alzo la cabeza y veo algunas miradas curiosas fijas en mí por la puerta abierta de mi despacho. Sintiéndome como un idiota de catorce años, le vuelvo a enviar un mensaje.

YO: Esta vez no me iré solo con una despedida con la mano. Quién sabe cuándo volveré a verte otra vez ni si seguirás aguantando mis horarios de mierda.

LANA: Mis horarios también son una basura.

YO: ¿Está mal que me sienta tentado de preguntarte dónde vives para que pueda pasarme esta noche como quien no quiere la cosa con la excusa de que andaba por el barrio y me pareció ver a alguien rondando tu casa?

LANA: ¿Está mal esperar que te saltes algunas reglas, averigües mi dirección y hagas justo eso?

Suelto un gruñido y echo un vistazo a la hora y luego a la pantalla del ordenador. Decido abusar por completo de mis privilegios y busco su dirección. Pero no investigo nada más. Cojo el móvil, abro el GPS, agarro mi bolsa de emergencia del despacho y bajo al coche a paso rápido.

Como sería demasiado optimista (y bastante presuntuoso) llevar la bolsa, la lanzo a los asientos de atrás con la esperanza de que no la vea y se dé cuenta de que espero mucho más de lo que debería. Obviamente, me iré tan pronto como llegue si es lo que ella quiere, pero ojalá quiera que me quede.

Porque Lana Myers lleva en mi cabeza desde el día en que la conocí, y estaría bien que alguien se diera cuenta si desaparezco.

Capítulo 8
LANA

Para conocer los secretos de la vida, primero
debemos ser conscientes de que existen.
— Albert Einstein

Me quedo mirando el último mensaje que en-
vié y el espacio vacío justo debajo, porque no
me responde. En serio, no sirvo para ligar.

Me levanto con un gemido y echo un vistazo
a la pantalla colgada en la pared. Tyler se pasea
delante de la cámara en calzoncillos, sonriendo
mientras envía un mensaje a alguien. Mi segundo teléfono suena justo en ese momento, y entonces miro hacia abajo y leo los mensajes que
le está mandando a una chica llamada Denise.

TYLER: ¿Qué llevas puesto?
Estoy pensando en ti.

Pongo los ojos en blanco y espero que Denise lo mande a la mierda. Pero no lo hace.

Es difícil verlos viviendo sus vidas durante un mes. Tengo que verlos disfrutar de la libertad que me arrebataron a mí. La libertad que nos arrebataron a *nosotros*.

Tyler es el primero que se ha casado y, al parecer, tiene una aventura. Lo había estado reservando para más adelante, casi para el final, pero ahora mismo no puedo permitirme volver a «casa» y ventilarme a tantos de una sentada. Y «de una sentada» describe con bastante precisión la velocidad con la que sucedería todo, teniendo en cuenta que sería demasiado fácil que me pillaran si intento espaciarlo como hasta ahora.

Jake me aseguró que los federales están investigando en nuestro pueblo natal. Era solo cuestión de tiempo que relacionaran los asesinatos y establecieran la conexión. Esperaba disponer de más tiempo antes de que me siguieran la pista, razón por la cual empecé a matar fuera del municipio.

Tampoco es que lo puedan relacionar conmigo. Lana Myers no existe para ese pueblo. Ni ahora ni nunca.

Victoria Evans murió hace diez años. Ya no me parezco en nada a ella. Se aseguraron de eso. Desvío la mirada hacia el espejito que hay en la pared a mi lado. Sin maquillaje, se aprecian algunas cicatrices tenues.

He gastado mucho dinero para asegurarme de que me quedaran el menor número de marcas posible. Victoria Evans era una pobre chica de Delaney Grove, pero Kennedy Carlyle era una heredera que murió en un accidente de coche la misma noche en que se firmó mi certificado de defunción. Estaba tan desfigurada e irreconocible que Jake no tuvo problemas para intercambiar la información en el sistema.

Puede que Kennedy muriera esa noche, pero aquella completa desconocida me salvó la vida.

Entré como Victoria y salí como Kennedy, además de apoderarme de su vida de huérfana adinerada y de cambiarme el nombre «legalmente» por Lana Myers para evitar que alguien de su pasado me descubriera.

Era la forma más fácil de recaudar fondos para mantenernos y cambiar de identidad. Hasta hace solo un par de años, Jake no aprendió métodos más creativos de suplantación.

Me llevó un tiempo ver las cicatrices de mi cara como marcas de supervivencia en lugar de como un recuerdo cruel de aquella noche. El resto de las cicatrices que tengo en otras partes de mi cuerpo no sanaron tan bien. Pero las de mi alma fueron las que más tiempo tardaron en curarse.

Dicen que cada uno tiene su propio proceso de sanación.

Yo pasé el primer año lamentando la muerte de mi familia y sufriendo por el trauma. Lloré hasta que no me quedaron más lágrimas que derramar. Me hacía un ovillo y me duchaba tres veces al día, sin llegar a sentirme limpia.

El segundo año lo pasé enfadada y buscando vías de escape. Empecé con el *kickboxing*. Durante el tercer año, ya había pasado a practicar otras modalidades de artes marciales mixtas. Ahora tengo varios cinturones negros.

No quiero volver a ser la víctima de nadie.

El cuarto año me centré en hacerme más fuerte, luchar contra mis miedos y aprender a valerme por mí misma sin pasar tantas noches en vela.

Fue el quinto año cuando conseguí soportar el contacto físico por primera vez. Aprendí a seguir adelante. Aprendí a no apartarme cuando alguien me tocaba. Aprendí a ser lo más normal posible.

En el sexto año por fin pude aguantar tener relaciones sin querer matar a la persona que me tocaba. Fue el año en que decidí que ya no sería más su víctima. Fue el año en que recuperé las riendas de mi vida y recibí con los brazos abiertos mi futuro antes de que quedara destruido por completo.

Fue durante el séptimo año cuando decidí vengarme. Comencé a planearlo.

En el octavo empecé a localizarlos a todos. Aprendí cada detalle de sus vidas.

El noveno año lo pasé hackeando los documentos del juicio de mi padre, averiguando todo lo que sabía la policía, buscando la verdad en lugar de las mentiras.

En el décimo año… En el décimo año fue cuando decidí empezar a matar uno al mes.

Jake me convenció de ser precavida. No me gustaría nada que me pillasen antes de haber terminado.

Mi vida transcurrirá entre un asesinato y otro. Puedo tener ambas cosas. Porque dudo que salga viva de esto.

Denise contesta a Tyler, sacándome del ensimismamiento, y le envía una foto en la que lleva un camisón de encaje. Surrealista. Si se supone que así es como se liga, entonces sí que voy mal. No pienso pasarme media hora enfundándome algo así solo para una foto.

El móvil vibra mientras Tyler y Denise se mandan mensajes subidos de tono. Estos mensajes obscenos llegarán a manos de su esposa si es necesario. No puede estar en casa cuando vaya a saldar mi deuda.

Suena mi teléfono de verdad y lo cojo sin pensar mientras leo el último mensaje vomitivo de Tyler. ¿Cómo es posible que a Denise esto le parezca sexi?

—¿Diga?

—Hola, soy yo —dice Jake, y en el fondo se oye el sonido del ratón. Siempre está delante del ordenador, preparándomelo todo. Es el mejor compañero del mundo.

—¿Con qué estás? —pregunto con curiosidad.

—Acabo de terminar de firmarle el cheque a Olivia y ahora estoy trabajando en nuestra página web.

—¿Estás leyendo esto? —le pregunto, arrugando la nariz cuando Denise le empieza a describir una mamada con todo lujo de detalles.

—Por desgracia. ¿Qué haces esta noche? Estaba pensando en pillar algo de comida y que veamos las cámaras de vigilancia juntos. Ya tengo su código de acceso. Cada vez consigues mejores ángulos con las cámaras que instalas.

Sin pensar, levanto la vista hacia el monitor y veo como Tyler empieza a bajarse los calzoncillos. No, gracias. No necesito ver eso. Aparto la mirada y respondo:

—Voy aprendiendo. Su mujer pasa mucho tiempo fuera por trabajo. Hay un congreso dos días antes del que tenemos previsto para el asesinato. Estará fuera todo el fin de semana. Entonces podré atacar. Es pan comido.

—No te confíes y actúes demasiado pronto. Cuando se pierde la precaución, se cometen errores que te llevan a acabar arrestada.

—Cierto. Hay una conferencia el fin de semana siguiente. Siempre puedo retrasar la fecha.

—Es mejor que adelantarlo, pero lo ideal es mantener un ritmo constante si es posible. Así no te distraes.

Resoplando con desdén, pongo los ojos en blanco.

—No te preocupes por eso. Nada puede distraerme.

Sus burlas ya no me persiguen por las noches. Ahora sueño plácidamente con el sonido de sus gritos.

Sé que probablemente sea una locura, pero yo no nací así. Ellos me convirtieron en esto. El karma no estaba actuando con ellos. Tampoco la justicia. El destino parecía satisfecho permitiéndoles seguir con sus vidas perfectas llenas de amor, paz y felicidad.

Solo una persona quería que sufrieran. Bueno, dos. Jake quería que sintieran el mismo dolor que me causaron a mí. El mismo que ellos…

—Eso dices, pero me da la impresión de que con cada asesinato vas perdiendo la rabia. Casi pareces… un poco demasiado animada últimamente. Estas últimas semanas te has reído y te has comportado de forma muy rara cada vez que hemos hablado. ¿Te estás cansando de esto? No es demasiado tarde para echarse atrás.

Eso no tiene nada que ver con los asesinatos. Toda la culpa la tiene el agente Bennett. Pero eso no se lo digo a Jake. Perdería los papeles si se entera de que estoy… Bueno, si soy sincera, no tengo muy claro lo que estoy haciendo con

Logan aparte de sonreír como una tonta cada vez que me suena el teléfono con un nuevo mensaje suyo.

Si le cuento a Jake que estoy interesada en un agente del FBI que resulta que investiga asesinos en serie y que probablemente esté investigando mi caso, es posible que se vuelva loco.

Porque es absurdo.

Y debería terminar con esto.

Pero no puedo.

Cuando llevas tanto tiempo sintiéndote fría y distante, y de repente un completo desconocido enciende esos sentimientos latentes que creías perdidos para siempre…, no puedes evitar volverte adicta. No puedes evitar deleitarte con esas sonrisas que habías olvidado cómo usar, o con esas risas que suenan poco naturales al salir de unos labios que llevaban años sin reír.

Vaya. Tengo que echar el freno. Estoy a una fantasía de tatuarme su nombre en el culo.

No puedo evitar preguntarme cómo habrían sido las cosas si mi pasado no se hubiera descarrilado y convertido en un auténtico desastre. Creo que le habría gustado mucho mi antigua yo. Era inteligente, divertida, ingeniosa y un poco dramática. También lloraba si mataba un bicho sin querer.

Ahora… Ahora soy la encarnación de la venganza, de poco más de un metro sesenta y a la que nadie ve venir.

—Estoy animada porque me sienta bien. A lo mejor es un subidón de adrenalina o algo —miento.

—¿De verdad? —pregunta, y parece confundido.

Sé que Jake apoya lo que estoy haciendo. Él estuvo ahí. Me ayudó a recoger todos los pedazos y a pegarlos lo mejor que pudo, aunque yo apenas podía soportar estar cerca de nadie.

Pero no quiere saber los detalles macabros, y dudo que se sienta cómodo si le cuento lo que me hace sonreír como una idiota…, aunque no sean las muertes las que me provocan esa sonrisa. Pero no puedo decirle la verdad porque… se desataría la Tercera Guerra Mundial y todo eso. No quiero que intente hacerme cambiar de idea sobre Logan cuando yo misma he estado a punto de hacerlo ya demasiadas veces.

—De verdad —vuelvo a mentir.

Espero haber coqueteado bien con Logan. Creo que le he seguido el juego. A menudo le interrumpen en mitad de nuestras charlas por mensaje, lo que significa que pueden pasar horas antes de que me responda, así que intento no darle demasiadas vueltas.

Vuelvo a mirar a Tyler, que ya se está limpiando. Es tan rápido como lo recordaba.

Solo queda una semana para el día del asesinato.

—Sigo pensando que deberías haber evitado la castración. Si indagan demasiado en la historia del pueblo, podrían acabar descubriéndolo demasiado pronto —me dice Jake, recordándome que sigue al otro lado del teléfono.

—Recuerdas lo que hicieron, ¿verdad? Quiero que sientan el peor dolor imaginable. Quiero arrebatarles hasta la última pizca de poder… El último pedazo de dignidad.

Con un largo suspiro, noto que se queda callado al otro lado de la línea.

Como sigue sin decir nada, intento tranquilizarlo.

—Aunque descubrieran que un fantasma ha resucitado de entre los muertos, tomo muchas precauciones para dificultar la investigación de los forenses. Los federales sospechan de un tipo grande y fuerte. Los estrangulo para dejarlos inconscientes en lugar de usar cualquier cosa para incapacitarlos, como haría normalmente una mujer. Y lo hago mientras están en el suelo para no delatar mi altura. Llevo años entrenándome para esto. Deja de preocuparte.

Él suspira con fuerza.

—No me gusta nada que dejes los cuerpos para que los encuentren. Preferiría que te los llevases a un lugar alejado y controlado y luego tirases los cadáveres donde no pudieran encontrarlos jamás.

—Quería que los encontrasen. Quería que estableciesen la conexión entre ellos. Lo que no quería es que lo hicieran tan pronto. Quiero que estén asustados cuando cada vez me queden menos nombres en la lista. Cuando llegue a Kyle, quiero tenerlo llorando de miedo. Por eso lo estoy reservando para el final.

—¿Y qué pasa si acude a la policía cuando detecte el patrón? Esto acabará llegando a los medios de comunicación, ¿lo sabes?

Me sorprende que no lo haya hecho ya.

—Sabía el peligro que corría, pero que Kyle hable con los federales sobre una chica fantasma que se dedica a matar a personas que abusaron de ella hace diez años no me preocupa. Tendría que explicar por qué alguien se los está cargando. Sabes que ninguno de ellos lo haría.

Un secreto como el que han guardado carcomería a cualquiera…, si tuvieran conciencia.

Solo ellos creen que tenían motivos para hacer daño a personas inocentes.

Se esmeraron, lo lograron y siguieron con sus vidas como si nada hubiera pasado. Como si no nos hubieran dejado allí para que muriéramos.

Aquella noche murió una persona.

Pero ellos creen que fueron dos.

Jake sigue comiéndome la oreja con todos los «¿y si…?» habidos y por haber. Yo continúo alejando mis pensamientos de todo eso porque Logan no deja de invadir mi mente.

Lo veré mañana por fin.

Tyler se va a dormir y yo pongo en la pantalla la televisión. Hasta ahora, parece que siempre se acuesta a las diez. De hecho, parece que todo lo que hace sigue un horario, incluso las pausas para ir al baño.

—Me voy, Jake.

—Vale, vale. Llámame más tarde.

Cuelgo y empiezo a hacer inventario. Mis cuchillos están en fila, alineados dentro de la funda casera. Están limpios y sin huellas dactilares, como siempre.

Me acerco a la nevera y me sirvo un vaso de vodka solo. Sonriendo, pongo música, un viejo vinilo que le encantaba a mi padre. Él y mi madre bailaban mucho esta canción por las noches antes de que la vida descarrilara en un accidente de tren metafórico.

Como me estoy balanceando con la música, bailando como solían hacerlo ellos, casi no oigo los fuertes golpes contra mi puerta.

Me sobresalto al oír el ruido y el corazón se me sube a la garganta. Aquí no viene nadie. Nunca. Es un camino espeluznante y al final del cual hay gárgolas, lo que lo hace aún más inquietante. Además, hay varias señales que prohíben el paso.

Ni siquiera el cartero se atreve a aventurarse por el sendero de medio kilómetro que lleva hasta mi casa. Me deja los paquetes al final del camino.

Me asomo por la ventana, pero no detecto ningún vehículo a simple vista. Después de apagar el tocadiscos, guardo los cuchillos en el cajón más cercano mientras los golpes continúan. Agarro mi arma y la llevo conmigo mientras atravieso silenciosamente el apartamento hasta la puerta.

Cuando me asomo a la mirilla, abro los ojos y exhalo con incredulidad.

—¡Mierda! —siseo, y me muevo con torpeza para guardar el arma en el cajón de la mesa junto a la puerta.

—Vamos, preciosa. No me digas que no estás en casa después de saltarme las reglas y toda la normativa de protección de datos para encontrarte —dice Logan, arrastrando las palabras, desde el otro lado de la puerta.

Siento un cosquilleo en el estómago cuando empiezo a sonreír como una tonta, y le abro la puerta a un sonriente agente del FBI. Su sonrisa se ensancha cuando me mira de arriba abajo, y vuelve a levantar la vista arqueando una ceja.

—Este es el mejor recibimiento de la historia.

Por un momento no entiendo nada, hasta que bajo la mirada y descubro que, efectivamente, no llevo pantalones. Casi nunca lo hago cuando estoy en casa.

Vuelvo a mirarlo y me encojo de hombros, ignorando la oleada de calor que me sube por el cuello. ¿Me da vergüenza? ¿En serio? No sabía que podía sentir vergüenza hasta este momento.

—¿Puedo pasar antes de que te vea nadie? No me gustaría nada tener que mostrar mi lado celoso tan pronto —dice con total seriedad, pero me guiña un ojo cuando retrocedo lentamente, tratando de no decir ni hacer nada estúpido.

¿Debería correr a ponerme unos pantalones? ¿O pareceré una idiota que se ha olvidado ponérselos? Las chicas seguras de sí mismas van por ahí en camiseta y bragas todo el tiempo, ¿no?

Joder, macho.

—Mi entrada es un poco tétrica, y con tanta maleza, aquí no puede verme nadie —empiezo a desvariar, y luego me callo.

En cuanto cierra la puerta, se gira y su mirada se transforma. Algo sutil cambia, y el brillo divertido de sus ojos se desvanece para dar paso a algo mucho más seductor.

Empiezo a hablar, a explicar por qué he abierto la puerta como una tonta sin pantalones, cuando de repente se abalanza sobre mí. Me agarra el pelo con las manos, me inclina la cabeza con fuerza y estrella su boca contra la mía.

Paso de estar sorprendida a derretirme en segundos, abriendo los labios para que su lengua pueda entrar y robarme la poca cordura que me queda.

Gimo contra su boca cuando desliza una mano por mi cuerpo y me agarra la cintura para acercarme a él. Levanto ambas manos y me aferro a sus hombros para no caerme al suelo.

Me hace sentir bien. Ni rara, ni mal ni incómoda. Me hace sentir *muy bien*.

El beso es desesperado, como si los dos llevásemos demasiado tiempo hambrientos. Sé que vamos demasiado deprisa, pero me da igual. Me importa aún menos cuando me levanta y me sube a la mesa junto a la puerta para colocarse entre mis piernas mientras me devora.

Sus manos se mueven arriba y abajo por mis costados, se pierden en mi pelo y luego vuelven a bajar. Es como si quisiera tocarme por todas partes a la vez pero no pudiera. Aun así, se mantiene en zonas seguras, sin sobrepasarse, aunque apenas lleve nada puesto.

Y eso solo contribuye a que lo desee aún más.

Tiro de la parte delantera de su camisa y me enrollo su corbata alrededor de la otra mano para acercarlo todo lo posible. Él emite un sonido tenso antes de frotarse contra mis muslos, lo que me vuelve aún más loca.

—Deberíamos ir más despacio —dice contra mis labios.

—La verdad es que sí —concuerdo, sin dejar de besarlo y acercándolo todavía más.

—¿Dónde está tu habitación? —pregunta, tratando de interrumpir el beso pero fallando en el intento.

—Al final del pasillo, a la derecha.

Me levanta y empieza a caminar, sorteando las escaleras que llevan a la parte de la casa que definitivamente no puede ver. Sigo con las piernas alrededor de su cuerpo mientras intento no pensar en lo peligroso que podría ser esto.

No esperaba que apareciera sin avisar, y arriba hay un cuarto entero dedicado a los asesinatos esperando a que lo descubra.

Repaso mentalmente una lista rápida de las cosas que podría encontrar en el dormitorio y me doy cuenta de que casi todo está ya guardado. Mientras no encienda sin querer el sistema de vigilancia del salón, no debería haber ningún problema.

Cuando tropieza, me golpeo la espalda contra la pared y mis pensamientos se desvanecen a medida que el beso se vuelve más agresivo. He intentado dejarme arrastrar por una pasión así demasiadas veces y nunca he sentido ni una pizca del fuego que arde entre nosotros.

Deslizo los dedos por la parte delantera de su camisa hasta rasgarla, abriéndola por completo y apartándola mientras algunos botones salen disparados por el suelo con su recién descubierta libertad. Siento su piel firme bajo mis dedos y gimo contra sus labios cuando se estremece contra mí, como si sintiera las mismas llamas que yo.

Nos quemaremos juntos.

Su lengua exige más atención de la mía, y beso con desenfreno como nunca antes lo había hecho. Deslizo las manos hacia arriba, las enredo en su pelo y le inclino la cabeza para poder devorarlo como es debido.

Gruñe, se aparta de la pared y echa a andar rápido otra vez.

—Tu otra derecha —le digo cuando se dirige hacia la habitación de invitados que está a la izquierda, donde se instala Jake cuando viene a visitarme.

Cambia de dirección y continúa moviéndose deprisa. Oigo el zumbido del ventilador en mi habitación cuando entramos, y la expectación brota en mi interior, lista para ser liberada.

Me deja caer sobre la cama con un movimiento frenético que me pilla por sorpresa, y me apoyo en los codos para contemplarlo mientras termina de quitarse la camisa destrozada. Todo bronceado, músculos definidos y piel suave.

Una punzada de temor se extiende por mi interior. No todas las cicatrices de mi cuerpo están ocultas. Las de la cara fueron mucho más fáciles de arreglar que el resto.

—¿Demasiado rápido? —pregunta, al parecer malinterpretando el motivo de mi indecisión a la hora de secundarlo y empezar también a desnudarme.

—No —respondo, obligándome a poner la mente en blanco.

El pasado no puede seguir dominándome, y se supone que ya no debo preocuparme por lo que piense la gente cuando vea las cicatrices.

Ahora parece indeciso.

—Lana, no debería haberme presentado aquí irrumpiendo como un animal. Pero… —Sus ojos descienden hasta mis muslos abiertos, donde solo la fina tela de la ropa interior impide que lo vea todo. Lo escucho tragar saliva antes de volver a mirarme a los ojos—. Podemos ir más despacio. Te prometo que no he venido para esto.

Se me dibuja lentamente una sonrisa en los labios. Es bastante increíble que se esfuerce por ser un buen tipo.

Cuando me pongo de rodillas y me arrastro hacia él, se le dilatan las pupilas. Está excitado, no hace falta ser perfiladora profesional para darse cuenta.

Me voy acercando despacio a él, que se queda completamente inmóvil. Cuando estoy a su lado, me inclino hacia delante y paso la lengua por la firme carne de sus abdominales. Se le escapa un sonido apagado, perdiendo el poco control que le quedaba.

Me agarra del pelo y, con un fuerte tirón, me echa la cabeza hacia atrás para agacharse y volver a encontrarse con mis labios. Es brusco y voraz, y completamente diferente de lo que jamás pensé que le gustara.

En materia de sexo, he ejercido yo el control desde que descubrí que podía volver a tener relaciones íntimas. Esta es la primera vez que me siento cómoda dejando que un chico tome las riendas.

—¿Dónde cojones has estado? —dice contra mis labios, lo que me hace reír mientras me empuja hacia abajo y se coloca encima de mí.

No sé muy bien qué quiere decir, pero me encanta el tono de asombro en su voz.

La sonrisa se me borra mientras espero el inevitable ataque de pánico por sentirme inmovilizada, pero no llega. En mi interior brotan más emociones, pero empujo todas las preguntas al fondo de mi mente con la intención de analizarlas más tarde.

Por ahora solo quiero *sentir.*

Y eso hago.

Siento sus movimientos contra mí mientras se quita los pantalones.

Siento cómo se mueve mientras desliza la mano por mi pierna, provocándome pequeños escalofríos por lo sobreestimulados que están mis sentidos.

Siento cuando toca partes de mi cuerpo que no deberían ser tan eróticas: la flexión de la rodilla, la parte trasera de los gemelos, el empeine.

Lo siento *todo,* y cada sensación es perfecta.

Empieza a subirme la camiseta y me obligo a dejar que lo haga. Se queda sin aliento cuando se da cuenta de que tampoco llevo sujetador. No se ha dado cuenta porque ha evitado cualquier tipo de manoseo.

—Joder —dice por lo bajo, aunque suena como una plegaria.

Se inclina hacia atrás como si fuera a absorberlo todo. Eso me da un momento para apreciarlo por completo, ya que solo lleva puestos unos calzoncillos negros que se esfuerzan por contener ciertas partes de su cuerpo.

Me siento segura de mí misma hasta que desvía la mirada y se fija en lo que me preocupaba.

—¿Qué te pasó? —pregunta, sin parecer demasiado preocupado ni entrometido, solo curioso.

Pasa los dedos por dos de las cicatrices y yo le agarro la muñeca para detenerlo. No soporto que me las toquen.

Vuelve a mirarme a los ojos y la preocupación que antes no tenía hace acto de presencia. Es demasiado perspicaz, así que sería una tontería revelar demasiado con mis expresiones.

—Un accidente de coche —le explico vagamente.

Es mentira, pero soy buenísima mintiendo.

—¿El mismo que tus padres? —pregunta.

Si alguna vez le da por indagar y encuentra el nombre que robé, entonces sabrá que la chica no estuvo en el mismo accidente que sus padres.

—No. ¿Podemos no hablar de esto ahora mismo? —pregunto, con voz burlona, mientras deslizo su mano hacia arriba para cubrir mi pecho.

El calor en sus ojos reaparece al instante, y la preocupación se desvanece cuando ve que estoy bien. Con lenta destreza, se coloca encima de mí y sus labios vuelven a reclamar los míos.

Nada más importa en este momento.

Nos besamos hasta que empezamos a frotarnos el uno contra el otro, ansiosos de más. No necesito ayuda para prepararme, porque nunca en mi vida he estado tan excitada.

Él gime contra mí antes de volver a levantarse.

—Pídeme que pare y lo haré —dice con dulzura, volviendo a frotar sus labios contra los míos.

Esa pequeña muestra de consuelo significa más de lo que él se imagina, porque creo en las palabras que salen de sus labios.

Cuando lees a las personas como yo, aprendes a distinguir quién es sincero y quién no. Aprendes a percibir las intenciones.

—No quiero parar —digo en voz baja, negándome a romper el embrujo.

Él se incorpora y coge los vaqueros que había tirado, y yo sonrío al oír el conocido ruido de un envoltorio.

—Solo para que lo sepas, llevo con esta cosa en la cartera mucho tiempo. No he venido con ninguna expectativa. Con *esperanzas* sí, pero no expectativas —dice con una sonrisa cuando me ve sonreír a mí.

Arqueo una ceja en tono juguetón y él me besa de nuevo, acomodándose encima de mí. Mueve las manos entre nosotros mientras levanta las caderas y yo resisto el impulso de mirar hacia abajo y observarlo.

Es triste decirlo, pero verlo ponerse un condón probablemente me llevaría a un orgasmo antes de lo previsto. Es surrealista. Me encanta esta sensación. Quiero embotellarla y guardarla para los días lluviosos.

Cuando se inclina, me veo obligada a mirar, y me retuerzo mientras ese dolor se vuelve más intenso, más insistente. Estoy bastante segura de que ese dolor se llama deseo.

Sin duda, no la tiene pequeña, pero tampoco está dotado de forma descomunal. Perfecto.

Me lamo los labios sin poder evitarlo mientras empieza a bajarme las bragas. Cuando me las ha quitado, sus ojos se posan en mi piel desnuda y se inclina hacia mí.

En cuanto siento su aliento sobre mí, levanto las caderas y le tiro del pelo, obligándole a subir por mi cuerpo.

—Si haces eso, vas a acabar conmigo. Necesito más —le digo justo cuando mis labios vuelven a encontrar los suyos.

Podría besarlo todo el día, siempre y cuando hagamos algo más.

Sin más preámbulos, me penetra con una rápida embestida que me hace separar los labios de los suyos para jadear en busca de aire. Mueve las caderas y me doy cuenta de que es más grande de lo que pensaba inicialmente, porque me penetra más hondo y me llena por completo.

Me mira fijamente, con los ojos impregnados de lujuria y deseo mientras mantiene el contacto visual. No intercambiamos palabras mientras él vuelve a mover las caderas, encontrando un lugar dentro de mí que creía muerto.

La sobrecarga sensorial es algo real.

Todo mi cuerpo está tenso, a punto de romperse. Cuanto más se mueve sobre mí, más se tensan las cuerdas. Le clavo las uñas en los hombros cuando él sigue observando la miríada de expresiones que debo de estar dedicándole mientras me desarma embestida tras embestida.

Entonces ocurre. Con toda la fuerza.

Esas cuerdas se rompen y la euforia recorre mi cuerpo como una bomba que detona en mi interior y explota hacia fuera. Me recorre por completo, me hace curvar los dedos de los pies, centellea detrás de mis párpados, que se cierran en algún momento, y lame mi piel como unas increíbles llamas ardientes.

Cuando grito y me sacudo con violencia debajo de él, su ritmo cambia y se vuelve más acelerado. Me agarro a él mientras prolonga mi orgasmo de una forma que no creía posible, y entonces gruñe, estrellando las caderas contra mí mientras alcanza su propia versión del paraíso. Al menos espero que se sienta tan bien como yo.

Sin fuerzas y agotada, suelto los brazos cuando se deja caer sobre mi cuerpo y me recorre el cuello a besos. Sin duda vamos demasiado rápido, pero no me importa. De todos modos, estamos condenados.

El monstruo nunca se queda con el príncipe. Siempre es la princesa dulce e inocente la que gana.

Levanto las manos y las enredo en su pelo, disfrutando de esta sensación mientras dure.

—Tengo planeada una segunda ronda, pero no soy Superman. Dame unos minutos y me aseguraré de que quieras hacer esto muchas más veces —dice contra mi cuello, mientras sigue mordisqueándome y besándome.

Una sonrisa se dibuja en mis labios y suspiro de felicidad debajo de él.

—Quiero hacer esto todo el tiempo.

Se ríe contra mi piel y me sorprendo abrazándolo, sin saber cuándo empezó el gesto. Me estrecha contra su cuerpo, devolviéndome el abrazo.

—Bien —dice pegado a mí—. Porque ha sido una puta maravilla.

Sí que es una maravilla. Por eso tengo que desactivar el canal de vigilancia del salón para que no se encienda, cerrar con llave el cuarto de los asesinatos y asegurarme de dejar todas mis armas allí a partir de ahora.

Capítulo 9
LOGAN

> Nunca llegué a ninguno de mis
> descubrimientos mediante un proceso
> de pensamiento racional.
> — Albert Einstein

—Tú has follado —me dice Craig cuando entro por la puerta con el café que casi no llego a comprar esta mañana.

Había olvidado lo que era perderme en una chica. Y sé que nunca me he perdido en alguien tanto como lo hice anoche y esta mañana. Lana es la sorpresa más inesperada de mi vida.

Sigo esperando encontrar algún defecto, pero parece que no hay ninguno. Nadie puede ser tan perfecto. No es que quiera gafarlo, pero tampoco quiero descubrir que está casada o algo por el estilo. Así que estoy a punto de hacer lo impensable, porque me tiene la cabeza completamente jodida.

—Puede —le digo y sonrío cuando refunfuña.

—¿La princesa de hielo te ha elegido a ti antes que a mí? —pregunta, mientras me dejo caer en la silla de mi escritorio y abro las bases de datos que necesito.

—Te saca de quicio que no se haya tragado tu *encanto* —digo arrastrando las palabras.

—Por algo soy la cara visible de este departamento, y no porque sea el más guapo, aunque ambos sabemos que es así. La cuestión es que todas me adoran. Mujeres, madres, hijas, tías, hermanas, sobrinas... Nosotros la cagamos y yo les ofrezco una excusa con una sonrisa encantadora y una actitud que dice «vaya, qué pena», mientras muestro un profundo sentido del arrepentimiento. Cualquier cosa se perdona si tienes la cara adecuada. Esa es la verdad. Los humanos son superficiales, todos lo somos. Perdona que encuentre un poco sospechoso que literalmente tuviera cero interés en mí para luego ir y follar contigo.

—Yo creo que Logan está mucho más bueno que tú —interviene Hadley, y se acerca para colocarse a mi lado mientras Craig le frunce el ceño—. Y, al contrario de lo que piensas, no todas las mujeres son tan superficiales. La mayoría encontramos atractivo a alguien si tiene las cualidades adecuadas.

—Y una mierda. —Craig bufa—. He investigado mucho sobre el tema. No me lo estoy sacando de la manga.

Pongo los ojos en blanco mientras continúan discutiendo y comienzo mi búsqueda. No hay certificado matrimonial. Ni de divorcio. No tiene hijos, que no es que me importe, pero me gustaría saberlo. Tampoco… parientes vivos… Mierda.

¿Nadie? ¿No le queda nadie en absoluto? Ya sé que no tiene ninguna cuenta personal en redes sociales. Solo perfiles de empresa, aunque no se menciona a su socio en ninguno de ellos.

No investigo más a fondo. Siento que ya he invadido demasiado su privacidad. El resto tiene que ser cosas que me cuente ella cuando esté preparada, como el accidente de coche que le dejó cicatrices.

Debió de ser un accidente grave, habida cuenta de que tiene una cicatriz que va desde la cadera izquierda hasta el pecho derecho. Tiene otra en el costado derecho, irregular y grande. Son antiguas. Lo sé solo con mirarlas.

Debería haberle enseñado mis cicatrices, pero estaba demasiado ocupado explorando su cuerpo el resto de la noche como para darle tiempo a explorar el mío. Cada vez que lo intentaba, perdía el control; sentir sus manos sobre mí parecía convertirme de nuevo en un adolescente cachondo.

—Tienes serios problemas de confianza —dice Hadley, sacándome de mi ensimismamiento.

Me doy cuenta de que Craig se ha ido, pero Hadley está leyendo por encima de mi hombro lo último que he buscado. Cierro el programa y me encojo de hombros.

—¿Me hiciste investigar sus antecedentes y ahora te dedicas a comprobar sus datos?

Me mira con una ceja levantada.

—¿Alguna vez has conocido a alguien demasiado bueno para ser real? Casi llego tarde al trabajo esta mañana porque no podía separarme de ella. No tiene ningún defecto. Es guapa, lista, con carácter, con un punto impredecible y se adapta a mi horario frenético, cuando la mayoría de las chicas enseguida ponen pegas. No se ha enfadado conmigo ni una sola vez por tener que cancelar planes. Me presenté en su casa sin avisar, y era el doble de perfecta de lo que creía que era posible. Así que sí… No puedo evitar preocuparme porque es fácil enamorarse de alguien así.

Ella pone los ojos en blanco y finge una arcada, así que le hago una peineta y empiezo a revisar los últimos expedientes.

—Todo el mundo tiene defectos. Solo estás en la fase de luna de miel. Se acabará enfadando porque canceles una cita o porque no estés disponible. Igual que tú terminarás dándote cuenta de cosas que hace ella que te fastidian. Ahora mismo estás en la parte feliz y brillante que a todo el mundo le *encanta*. Por eso tanta gente se casa sin apenas conocerse. Y por eso se divorcia cuando llegan a conocerse.

Ella se ríe y yo me reclino, dándole vueltas al asunto. No recuerdo que en el pasado la fase de «luna de miel» fuera tan buena.

—Estoy sobreanalizando esto —digo, con un suspiro.

—Está en tu naturaleza. Es lo que te hace bueno en este trabajo. Pero te digo que ahora mismo esa chica podría tirarse pedos tan tóxicos que te obligaran a ponerte una mascarilla y tú pensarías que es adorable. Es parte de esa fase.

Me da una palmadita en el hombro mientras se ríe y se aleja. Yo bajo la mirada cuando recibo un mensaje.

LANA: Tus calzoncillos son cómodos.

YO: ¿Te los has puesto? No sabía que me los había dejado.

LANA: He supuesto que lo has hecho adrede. Así tendrías una razón para volver.

YO: Ya tengo una razón para volver.

LANA: Ahora tienes dos…

Hay una foto adjunta al último mensaje en la que se la ve de cintura para abajo, con mis calzoncillos puestos. Me paso la mano por el pelo, odiando el hecho de que, por primera vez en mi vida, no quiero estar en el trabajo. Siempre me ha encantado lo que hago, pero, por culpa de una chica a la que apenas conozco, estoy tentado de coger mi primer día de baja por enfermedad.

YO: Déjatelos puestos. Volveré esta noche y quiero verlos en persona.

LANA: Por suerte para ti, no tengo planes. Y solo llevaré puesto esto cuando vengas.

Dejo el móvil con un gruñido de frustración y repaso deprisa las pocas pistas nuevas que hay. Las llamadas a la línea de colaboración ciudadana son cada día más absurdas. El caso del Hombre del Saco se está estancando tanto como el de los asesinatos y mutilaciones.

Muchos otros casos han quedado en segundo plano, ya que no se han cometido más asesinatos. Cuesta el doble de trabajo encontrar a aquellos que matan una o dos veces al año. Nuestro único caso activo es el de un asesino y ladrón en serie.

Trabajo revisando algunas pistas, examinando las mismas fotos de siempre. Después de dos horas, estoy frente al tablón de homicidios, todavía tratando de averiguar qué es lo que convierte a estas mujeres en el objetivo.

Ninguna de ellas es excesivamente rica. Todas provienen de entornos familiares distintos. Son de diferentes etnias. Cada una con un color de pelo.

Aunque todas eran atractivas, no hubo violación como aliciente. En el perfil encaja la posibilidad de que sea impotente, pero... le motiva algo más. Hay una razón para que elija y aceche a estas mujeres en concreto.

Les miro los ojos, las narices, las bocas... Algo encaja y se me acelera el corazón.

Justo cuando Hadley entra, la agarro de la muñeca y la obligo a detenerse mientras miro con los ojos entrecerrados la única prueba que no hemos sido capaces de descifrar.

—¿Se analizó en laboratorio la arcilla que encontraste en el piso, verdad? —pregunto, perdido en mis pensamientos.

Ella asiente.

—Sí. No tiene nada de especial. Se puede comprar en cualquier tienda de manualidades. Y nadie sabe qué hacía allí. No se encontró en la víctima ni en ninguna parte del piso. Creen que el sujeto desconocido la trajo pegada en los zapatos o la ropa.

—Y a todas les habían lavado la cara a fondo y les habían echado lejía. Luego, después de afeitarles el pelo, habían repetido el proceso con la cabeza —afirmo, mientras sido haciendo cálculos.

—Eso es… ¿Por qué?

Miro detrás de ella, hacia donde está Donny.

—Donny, busca galerías de arte por la zona de los robos y los asesinatos.

Parece perplejo, pero empieza a teclear.

—Hadley, necesito que entres en todas las páginas web de arte que encuentres y compruebes si alguien vende esculturas de rostros en bronce. Redúcelas a los que hayan empezado a hacerlo en los últimos cuatro meses, cuando comenzaron los asesinatos —continúo, mientras me acerco al escritorio de Donny.

Me giro y la veo todavía ahí de pie, confundida.

—¡Ya! —insisto, y ella corre hacia su escritorio.

Cuando me acerco por la espalda, Donny está tecleando a un ritmo frenético.

—Hay cuatro en la zona. Ninguna de ellas vende esculturas de rostros en bronce —dice, con el ceño fruncido—. ¿O es que tenía que buscar algo diferente a lo de Hadley?

—Llama a todas y pregunta si alguien ha intentado venderles esculturas de bronce. Sería solo de caras.

Coge el teléfono para hacer lo que le pido, y yo vuelvo a mi ordenador y abro el programa que necesito. Introduzco las fotos de todas las víctimas donde corresponde y, tras pulsar unas cuantas teclas, mis sospechas se confirman.

—Simetría —digo, y dejo escapar un largo suspiro.

—¿Qué? —pregunta Craig, que se acerca a mirar por encima de mi hombro.

—Las elige por la simetría de sus rostros. Tienen una simetría perfecta, lo cual en teoría es muy poco común, si no imposible. Las escoge porque la tienen, y está usando sus rostros como molde para crear arte. Probablemente esté intentando venderlo, y tiene fijación por cualquiera con cara simétrica. Por mujeres en particular. Es posible que también tenga una fijación por Da Vinci.

Recorro la sala con la mirada y veo a Lisa cortándose las uñas.

—Lisa, busca a cualquiera dentro del territorio en el que actúa que pueda haber pedido muchas láminas de Leonardo da Vinci o libros sobre él. Céntrate principalmente en cualquier cosa relacionada con *El hombre de Vitruvio*. Es muy probable que el sujeto esté obsesionado con esa obra.

—¿Y qué te hace pensar eso? —pregunta Craig, confundido.

—Digamos que es una corazonada. Hemos resuelto muchos casos gracias a mi instinto.

—Ya, por eso no dejan de ascenderte. ¿Pero cómo coño conectas a DaVinci con arcilla, con robos y con cabezas rasuradas con lejía por encima?

—La lejía es una medida para ocultar evidencias forenses, igual que afeitar y eliminar todo el pelo antes de limpiarle la cabeza con dicho producto. Se deshace de cualquier rastro de arcilla del cuerpo. Probablemente también guarde el pelo para la escultura. No todos los artistas saben pintar o dibujar.

—Me he perdido —dice Craig.

—DaVinci no solo era famoso por su intelecto o sus pinturas. También creó grandes esculturas que han dado mucho que hablar a los historiadores. Primero las dibujaba y luego las moldeaba en arcilla o cera de abeja, dependiendo de la versión de la historia que escuches. A partir de ahí, las fundía en bronce para crear otra obra maestra. ¿Un hombre obsesionado con él y con la simetría, pero incapaz de dibujar o crear arte desde cero? Es a él a quien buscamos.

—Nada —dice Hadley, y parece frustrada—. Hay diversos moldes hechos con todo tipo de materiales, pero no de bronce. ¿Tiene que ser bronce? —pregunta.

—Sí —digo, convencido de que este es el hilo correcto del que tirar—. Eso explica los robos. Estaría vendiendo los objetos de valor que roba para comprar la cantidad de bronce que necesita. No es barato.

—Pero ya hemos buscado en casas de empeño y sitios web para ver si alguien vende esas cosas —interviene Donny.

—Al vendedor corrupto adecuado no le importaría una mierda que le preguntásemos por ello, y mentiría para no tener que entregarlo y perder ese beneficio. Si este tipo está tomando medidas para ocultar evidencias forenses, entonces también ha hecho los deberes sobre dónde vender las cosas.

Donny retoma las llamadas, y yo hago algo que probablemente no sirva de nada. Abro la página web de compra, ventas e intercambios que dirige Lana. Anoche mencionó que deja expuestos los objetos con un cartel de VENDIDO durante un mes para evitar que la gente le pregunte por ellos.

Me desplazo por la sección de joyería, ya que es lo que más se ha robado. Pero no hay nada.

Quizás solo buscaba una excusa para hablar con ella porque lo estoy llevando mal y es patético.

—¡Aquí hay algo! —dice Donny, llamando la atención de todos mientras reanuda la conversación que está teniendo por teléfono—. Sí. ¿Ha dejado un número o una dirección para poder contactar con él?

Garabatea algo mientras todos nos ponemos de pie. Me coloco la chaqueta y enfundo el arma. Parece que me va a hacer falta mi bolsa de emergencia otra vez. Por suerte tiene varios conjuntos de ropa.

Cuelga y sostiene el papel.

—Hay un tipo que ha visitado dos de los cuatro locales para intentar venderles una colección «en expansión» de cabezas de bronce.

—Pues parece que nos vamos a Nueva York —dice Craig, mirándome como si fuera un puto bicho raro—. Y supongo que tendremos que coger el puñetero helicóptero, porque el avión del departamento ya ha salido de servicio. ¿Por qué no podemos tener nuestro propio *jet* privado como los de las películas y todo eso?

Hadley se ríe por la nariz y acto seguido empiezan a hablar entre ellos mientras yo saco el móvil y hago una llamada que me jode tener que hacer.

—Sí, todavía llevo los calzoncillos puestos. Y estoy comiendo helado —dice Lana, con voz alegre y del todo entusiasmada.

Odio tener que hacer esto ahora. Normalmente me emociono muchísimo más cuando hay avances en un caso.

—Ojalá pudiera estar ahí para verlo —digo con un largo suspiro mientras cojo mi chaleco y el resto de las cosas necesarias para meterlas en mi bolsa.

—Tienes que cancelar —se limita a decir, con una voz desprovista de cualquier emoción que me permita interpretarla.

—Lo siento. —Tengo el presentimiento de que me acostumbraré a pronunciar esas dos palabras si se queda el tiempo suficiente como para oírlas una y otra vez—. Hoy hemos conseguido un avance en el caso. Al menos eso espero. Ahora mismo estoy saliendo de la ciudad.

—No lo sientas, Logan. Tienes un trabajo…, uno importante. Te admiro a ti y admiro lo que haces. Te dedicas a encerrar a monstruos, y confío en que estés buscando al tipo correcto en lugar de otra medallita más para engrosar el currículum.

Qué cosas más raras dice.

—Por supuesto que estoy buscando al tipo correcto. ¿Qué quieres decir con eso?

—Es solo que… Estudié un montón de casos antiguos cuando iba a la universidad. Me matriculé en clases de criminología. Daba la sensación de que muchos arrestos se hacían de forma precipitada solo para cerrar el caso y sumar otro mérito a una reputación intachable. Si los asesinatos se detenían, la gente asumía que los asesinos estaban en la cárcel. Si los asesinatos se repetían, decían que se trataba de un imitador en lugar de contemplar la posibilidad de que hubieran cerrado el caso con el sospechoso equivocado entre rejas.

No tengo claro qué casos habrá estudiado. En esas clases no se suele manchar la reputación del FBI. Más bien al contrario, se alaba a nuestros hombres.

—¿Entonces estudiaste criminología? ¿Pero no te uniste a los cuerpos de seguridad?

—Decidí que no tenía estómago para eso —dice, en tono seco—. La sangre y las tripas me lo revuelven.

Desde luego, no me la imagino siendo capaz de soportar las mierdas que yo he visto si es de estómago delicado.

—¿Podrás escribirme o llamarme mientras estés fuera? —pregunta, esperanzada.

—Claro que sí. Probablemente te escriba desde el helicóptero para volver a disculparme.

—En serio, no pidas perdón. Nunca. Tú marcas la diferencia. Tendría que ser una zorra egoísta para esperar que estés a mi lado cuando alguien necesita que lo salves. Ve y arrasa, y envíame un mensaje cuando puedas.

Me detengo y me apoyo contra la pared de la escalera, sonriendo a la nada.

—¿Te he dicho últimamente que eres perfecta?

Ella suelta una carcajada y luego tose para sofocar la risa.

—Créeme cuando te digo que estoy en el lado opuesto del espectro de la perfección.

—Ah, ¿sí? ¿Algún día veré esos defectos?

Se queda callada durante tanto tiempo que compruebo si la llamada se ha cortado. Por fin, responde:

—Rezo para que ese día nunca llegue —dice en voz baja—. Ahora ve a atrapar al tipo malo.

¿Puedes decirme dónde vas para ver si sales en las noticias? Como me dijiste que a veces has aparecido en los medios… Si va contra las normas, entonces no me lo digas, porque nunca te preguntaría…

—Estaré en Nueva York. Estoy seguro de que saldrá en todos los canales importantes si todo va bien. No es habitual tener una oportunidad tan grande, pero podría ser un fracaso. Voy siguiendo un perfil que yo mismo he elaborado hace unos momentos. Para que conste, se supone que no debo decírselo a nadie.

—¿Y por qué me lo dices? —me regaña.

—Porque quiero que algún día seas *alguien*.

No le digo que la he investigado a fondo para asegurarme de que no es una especie de salvaje antisistema ni nada por el estilo. Es mejor que esto de la confianza empiece a partir de este momento.

—Bueno, espero algún día ser alguien. Hasta entonces, no me cuentes cosas que no debas.

—¿Por qué? —pregunto, entretenido con lo indignada que está.

—Porque te respeto. Y no quiero que pienses jamás que espero más de lo que debería. Esto nos atañe solo a nosotros. No a tu trabajo. Por favor. Prométeme que no me volverás a contar nada que no debas.

Pues eso… Que es la puta perfección absoluta.

—Hecho, preciosa. Mantén mis calzoncillos calentitos. Luego te mando un mensaje o te llamo.

—¿Logan?

—Dime.

—Vuelve de una pieza sin importar lo que tengas que hacer para que sea así. Es lo único que espero. Sobrevive.

Una sonrisa lenta me tira de las comisuras de los labios.

—Eso sí que te lo puedo prometer.

Capítulo 10
LANA

La verdad es aquello que resiste
la prueba de la experiencia.
— Albert Einstein

—¿Estás saliendo con un puto agente del FBI? —me grita Jake a través del teléfono, y yo me quejo mientras me lo despego de la oreja y aparco en el restaurante al otro lado de la calle, donde está Tyler.

Me muero de hambre, y no podemos ver la oficina desde dentro, así que lo vigilaré desde aquí, ya que tiene una reserva.

Ahora mismo, me pica que te cagas la peluca rubia, y estoy llamando la atención con este pintalabios rojo. Si a eso le sumamos las gafas de sol oscuras y el vestido apretado que llevo, no me parezco en nada a Lana Myers, por si acaso.

—Ya te he explicado cómo pasó —le digo a Jake, deseando no haberle contado nada.

—Y estás en Nueva York, donde resulta que también está *él*.

—Tyler está aquí, por eso he venido. Ha hecho un viaje improvisado hasta aquí, y me preocupaba que viniera a ver a alguno de los otros, ya que Lawrence es el siguiente objetivo y también está aquí. Tiene una reserva para dos, Jake.

Él deja escapar un suspiro pesado.

—Nueva York está muy lejos de Virginia Occidental. ¿Qué está haciendo ahí?

—No lo sé. Ha entrado en la misma oficina en la que trabaja Lawrence.

—Los medios de comunicación no se han hecho eco de la noticia.

—Ya, pero eso no quiere decir que no se hayan enterado de las recientes muertes de varios de sus amigos.

Se queda callado y yo miro hacia el restaurante. Tyler tiene una reserva aquí para dos para almorzar. Eso es lo que he descubierto gracias al teléfono clonado. Pero no ha estado intercambiando mensajes con Lawrence. No tengo ni idea de a quién le está escribiendo.

—¿Jake? ¿Sigues ahí?

—No —dice, con la voz amortiguada—. Estoy justo a tu lado.

Miro por la ventana y veo a un tipo con perilla, gafas oscuras y un bastón… No sé cómo se llama, pero se parece sospechosamente al bastón que utilizan los invidentes para orientarse. Además, se ha teñido el pelo de rubio.

Supongo que los dos vamos de incógnito.

Me bajo del coche y arqueo una ceja.

—De puta madre, ¿no?

Él resopla, pero luego aprieta los labios.

—¿Así que has decidido venirte a Nueva York sin decírmelo? —pregunto, cruzándome de brazos.

Se encoge de hombros con indiferencia.

—Igual que tú, básicamente. Tenemos el mismo teléfono, ¿recuerdas? Sabía que vendrías. —Me señala con el dedo—. No te creas que te vas a librar de lo del novio ese del FBI. Esa conversación está en pausa, no terminada.

Yo refunfuño y él sonríe mientras me ofrece el brazo.

Está muy elegante con el traje. Yo parezco su prostituta de lujo con lo que llevo puesto.

—Estás muy guapa, por cierto —me susurra mientras me lleva por la acera.

—Un gran cumplido viniendo de un hombre que se supone que es ciego —digo, con una sonrisa dulce.

Él contiene una sonrisa mientras entramos.

—Tengo una reserva a nombre de Demarco —le digo a la recepcionista—. Hemos solicitado que sea en la terraza, que hoy hace un día precioso.

Igual que ha pedido Tyler.

Ella me sonríe de oreja a oreja y me trata como si no pareciera una prostituta con su cliente.

—Por supuesto. Por aquí —dice, y evita llamarme señora Demarco por si acaso es el apellido de mi «cita».

Supongo que están acostumbrados a este tipo de situaciones.

—Me estás haciendo parecer una puta —digo entre dientes.

Jake disimula una carcajada con una tos forzada, y yo me contengo de darle una patada y clavarle el tacón.

—Estoy bastante seguro de que de eso te has encargado tú solita. ¿Es que intentas llamar la atención?

—Intento tener una apariencia completamente distinta a la mía —susurro.

—Buen trabajo.

—Ja —refunfuño, mientras nos acomoda la dulce recepcionista.

Nos enseña todos sus preciosos dientes blancos con la sonrisa más genuina que he visto jamás. Quizás solo sea una chica simpática y alegre.

—Su camarero estará con ustedes dentro de un momento. Disfruten de la comida —dice, todavía sin usar ningún apellido.

Mientras se aleja, dirijo la atención a Jake. Lleva unas gafas con los laterales tintados que le cubren los ojos por completo, lo que le permite mirar donde quiera sin que la gente pueda ver desde un lado hacia donde dirige la mirada.

—Muy listo —apunto con tono burlón y un marcado acento sureño, y él sonríe.

—Sabía que lo valorarías —dice, recolocándose las gafas para enfatizar.

Nuestra mesa está lo suficientemente alejada como para hablar sin que nadie nos escuche, pero miro alrededor por si hay alguna cámara que pueda captarnos.

—Tenemos dos encima —dice Jake sin necesidad de adivinar qué estoy buscando—. Oigo esos pájaros como si fueran una alarma sonando.

Se ve que vamos a hablar en código o a escribirnos por mensaje de texto. Entendido.

Deben de tener micrófonos si me está insinuando que me calle.

—Tienes razón. Hay dos pájaros ahí arriba. Nunca entenderé cómo lo haces —le digo, manteniendo el acento sureño que he adoptado sin querer.

—Sigo encantado con ese acento que tienes —me dice, con una sonrisa.

«Cabrón».

Miro justo cuando Tyler entra y se me revuelve el estómago al ver a Lawrence con él. Se sientan a dos mesas de distancia y Jake me pasa algo por debajo de la mesa. Lo toco y sé exactamente lo que es.

Con sutileza, finjo que se me ha aflojado el pendiente y levanto la mano para hacer como si me lo arreglara bajo la larga melena rubia, que me oculta perfectamente las orejas. En lugar de tocar el pendiente, me pongo el pinganillo que Jake acaba de darme.

Acaricio la mano de Jake como una putita cariñosa y finjo dedicarle toda mi atención.

—Supongo que después de comer me contarás cómo te ha ido el día, ¿no? —pregunta, ciñéndose al lenguaje en clave.

—Claro que sí, cielo.

Apenas puede contener una carcajada, pero mi sonrisa se desvanece cuando oigo a Tyler y Lawrence hablando en voz baja.

El pinganillo amplifica los sonidos siempre que apunte hacia donde quiero oír, así que mantengo la cabeza inclinada hacia Jake como si lo mirara con afecto.

—Tiene que ser Dev, tío. No hay nadie más que quiera hacernos algo por lo que pasó esa noche —dice Tyler.

Entonces *sí* que se han reunido por mí. Parece que ya se ha descubierto el pastel.

—No puede ser —bufa Lawrence.

—Tuvo un bajón dos noches después y empezó a decir que habíamos llegado demasiado lejos. Se puso a llorar, macho. Lloró como una nenaza. Dijo que estábamos enfermos por lo que les habíamos hecho. Es él. Ese cabrón ha acabado por perder la cabeza y ahora está haciendo esto. Cree que es inocente porque no se ensució la polla aquella noche, y ahora nos está liquidando uno por uno.

Por el rabillo del ojo veo que Lawrence niega con la cabeza. Le acaricio el brazo a Jake, fingiendo estar absorta en mis pensamientos mientras le leo el menú en alto, pero en realidad tengo puesta toda mi atención en la conversación de enfrente.

—No. No es él. He hablado con su hermana y me ha dicho que lleva dos meses en México en algo de una misión de la Iglesia.

Con el único que no sé qué hacer es con Dev, para ser sincera. Es el único que se mostró arrepentido, y básicamente lo obligaron a estar allí esa noche. Tampoco es que fuera una víctima, ni mucho menos. Podría haberse pronunciado y decir algo…, lo que sea.

Ahora mismo no está en mi lista negra. Pero está en la categoría de los diez dedos.

Jake se harta de no escuchar, así que levanta la mano con disimulo y se coloca otro amplificador de sonido en la oreja. Es lo bastante pequeño como para que nadie lo note, a menos que mire directamente dentro. Incluso así, probablemente, asumirían que se trata de un audífono y no de un dispositivo de escucha.

—Te digo que no es él. Créeme. Dudo que se haya enterado de esto siquiera, y Melissa me mandó fotos suyas de la misión de la Iglesia en la que está. Ha estado escribiéndole a diario para ponerla al día y toda la pesca —afirma Lawrence.

—¿No crees que Melissa lo está encubriendo? Es su puta hermana.

—Lleva colada por mí desde que éramos críos. Créeme, no seguiría gustándole si tuviera alguna idea de lo que hicimos, a menos que le vayan ese tipo de cosas. En cuyo caso delataría a su hermano si fuera él. Sea como sea, no lo está encubriendo.

—Yo creo que es él. No puede ser nadie más.

Lawrence mira a su alrededor, se fija en nuestra mesa por un instante y luego echa un vistazo a las pocas personas que están en la terraza antes de volver a centrar su atención en Tyler.

—No es él. Esa noche se acojonó, ¿y quién crees que lo volvió a meter en vereda?

Tyler parece confundido.

Nuestra camarera nos ha traído un poco de pan y Jake está pidiendo por los dos, así que me es más complicado escuchar con tanta gente cerca hablando a la vez. Me esfuerzo por no perderme nada mientras me obligo a masticar un trozo de pan, aunque me doy cuenta de que no tengo nada de apetito.

—¿Qué hiciste? —oigo preguntar a Tyler.

—Le dije que lo mismo que le pasó a Victoria podría ocurrirle a Melissa si decía una sola palabra. Después se fue del pueblo y empezó a predicar el Evangelio. Esa fue su forma de resarcirse. No anda por ahí matando a gente, por el amor de Dios —sisea Lawrence.

Puede que acabe de salvarle diez dedos a Dev. Y la lengua. La lengua también se la iba a cortar. Era una categoría especial que iba a inaugurar solo para él.

—¿Entonces quién más queda?

—Creo que es bastante evidente, ¿no?

—No.

Lawrence se golpea la cabeza como si estuviera exasperado. Actúan como si esta fuera una conversación normal que se puede tener en una terraza durante un almuerzo tardío. Supongo que por eso eligieron un restaurante que no suele tener mucha gente en la terraza.

Lawrence tiene un compañero de piso. Tyler tiene mujer. Entiendo que no quedaran en sus casas para hablarlo, ¿pero por qué no lo han hecho por teléfono?

—Todo el pueblo los odiaba después de lo que hizo su padre. Piensa en una persona que no los odiase. Te doy una pista: su padre era el abogado del padre de esos dos.

Tyler niega con la cabeza de inmediato.

—No. Vi a Jacob hace dos años. Me lo encontré en un evento de la empresa y me saludó chocando los puños. Incluso me dijo que lo llamara para salir algún día. Si lo hubiera sabido, como mínimo me habría dado un puñetazo. Estoy seguro de que ambos murieron antes de que él se enterara de la verdad. Y él se marchó del pueblo después de eso, así que tampoco es que estuviera por allí para oír los rumores.

Lawrence se reclina y ahora parece confundido. Jake me aprieta la mano con demasiada fuerza.

Recuerdo ese encontronazo. Jake trabaja como informático autónomo y, en aquella época, Tyler trabajaba cerca de donde vive Jake ahora. A Jake le costó mucho no matarlo, pero sabía que teníamos un plan y que esta venganza era cosa mía. Sabía que tenía un papel que desempeñar, y era ser la mente pensante. El mío era convertirme en su peor pesadilla.

—Además —continúa Tyler—, ahora va en silla de ruedas. Hace unos años tuvo un accidente de moto que lo dejó lisiado.

Jake me da un toquecito con el pie, con una sonrisa calculada en los labios. Hemos pensado en todo.

—Pues no se me ocurre quién más podría estar furioso por la puta de la hija de un violador y por el hijo maricón —dice Lawrence con frialdad.

Se me revuelve el estómago al oír la forma que tiene de referirse a mi hermano. El bueno, honesto, fuerte, cariñoso e increíble de mi hermano, que no se merecía que lo mutilaran y al que… le pasaron muchísimas cosas que no se merecía.

Por culpa de ellos me quedé sola. Por culpa de ellos, el mejor hombre que pisó jamás la faz de la tierra murió antes de poder iluminar el mundo con su sonrisa.

Y ellos creen que estuvo bien porque era gay. Piensan que estuvo bien porque me había acostado con dos chicos antes de esa noche.

Creen que no tiene nada de malo habernos castigado de una forma atroz por querer a nuestro padre…

Jake se aclara la garganta, y me doy cuenta de que ahora quien le está apretando soy yo. Le estoy clavando las uñas en la mano.

Aflojo el agarre y continúo escuchando, preguntándome cuánto más puedo aguantar antes de rajarles la garganta en este mismo instante.

Puede que Lawrence muera antes de lo que había planeado. Puede que lo ate junto a Tyler y los deje gritándose el uno al otro mientras los corto en pedazos.

—A lo mejor no tiene nada que ver con eso —dice Lawrence, encogiéndose de hombros—. Limítate a no dejar que entre nadie en tu casa por un tiempo y dile a tu mujer que haga lo mismo. Yo voy a instalar un sistema de seguridad en mi piso. Tú también deberías. Según mi padre, lo están dejando entrar, porque no hay signos de que hayan forzado la entrada.

—Joder —sisea Tyler—. Está bien. Instalaré algo.

Las cerraduras sin llave son mis mayores aliadas. Es sencillo captar por las cámaras los códigos que se introducen. También es fácil robar un juego de llaves y hacer una copia si utilizan cerraduras tradicionales. Es como si me invitaran a entrar.

Otro truco más para que no sigan el rastro de una chica muerta.

Le da un mordisco al pan y me siento mareada. Es la primera vez que no los oigo suplicar perdón cuando se saca este tema. Normalmente no se menciona hasta que les pongo un cuchillo en la piel.

No tienen cojones de decir este tipo de mierdas cuando soy yo quien les hace implorar compasión, suplicar perdón y rogar por sus vidas. Nunca he tenido tantas ganas de llegar a la parte divertida.

Su conversación se centra ahora en los mejores sistemas de seguridad que se pueden conseguir, y yo intento calmarme antes de rajarles el cuello y cortarles la polla en medio de un restaurante.

—Me parece que deberíamos plantearnos hacernos con un par de pájaros para la casa nueva. ¿Qué opinas? —pregunta Jake, con la misma idea que yo, al parecer.

—¿Crees que podríamos hacerlo con tan poco tiempo de antelación? —le pregunto, con una sonrisa dulce a pesar del potente regusto a venganza que siento en la lengua.

—Creo que sí. Quizás una semana más como mucho. También podría encontrarles un lugar mejor, por si acaso.

Hay un refugio subterráneo detrás de la antigua casa de Tyler que todavía está en venta. Podría meterlos a ambos allí, y Jake podría hacer algo para evitar que los agentes inmobiliarios me interrumpan mientras estoy ocupada matando a dos tíos a la vez.

—No tengo tanta hambre como pensaba, querida —me dice Jake cuando la camarera nos sirve la comida.

—Yo tampoco —digo, acuchillando el filete mucho más fuerte de lo necesario.

Tyler y Lawrence no vuelven a decir nada que merezca la pena. Más que nada escucho a varias personas de alrededor apostando a si de verdad soy puta o no.

Justo cuando Tyler empieza a irse, Lawrence lo detiene.

—Consíguete un teléfono de prepago como yo. Si vuelve a pasar lo que sea, llámame desde ese número. Se acabaron las llamadas desde el personal. ¿De acuerdo?

¿Tiene un teléfono de prepago? ¿Cómo se nos ha podido escapar eso?

Tyler asiente, y Jake y yo intercambiamos una mirada.

—Si descubrimos quién es, no queremos que haya nada que nos relacione cuando tomemos cartas en el asunto. ¿Entendido? —pregunta Lawrence.

—A ver si tienen cojones —susurra Jake.

Muevo los labios. Nunca me he sentido tan emocionada por matar a alguien.

Dejamos que Tyler se marche un rato antes de levantarnos. Al pasar junto a la mesa de Lawrence, él me agarra la muñeca con la mano. Siento un nudo en el estómago y el corazón me late con fuerza mientras lucho contra todos mis instintos para no degollarlo aquí y ahora.

Lo fulmino con la mirada.

El desgraciado me guiña un ojo y me entrega una tarjeta que acepto para alejarme de él.

—Llámame algún día, encanto. Una chica como tú necesita que alguien aprecie esas vistas.

Le dedico una sonrisa deslumbrante, le guiño un ojo y vuelvo a caminar, apartando su mano con delicadeza. Yo le daré algo que ver. Pintaré las paredes con su sangre y la de Tyler, y los dejaré desangrarse mientras la contemplan.

Será precioso.

Justo cuando llegamos a la acera, me tropiezo con mis propios pies y observo con incredulidad que un SUV se detiene junto al bordillo. Suelto un resoplido y me acerco a Jake, prácticamente trepando por su costado cuando Logan sale del coche.

Nueva York es demasiado grande como para que esto pueda estar pasando.

Hay un *food truck* aparcado en la acera, y tanto él como don Arrogante se bajan para acercarse hasta allí, los dos sonriendo como si fuera un gran día. Van vestidos de calle, con vaqueros y camisetas. No con los trajes de siempre ni nada por el estilo. ¿Me he perdido algo?

—¿Qué pasa? —susurra Jake, mirándolos a ellos y luego a mí.

—Mi novio —murmuro en respuesta.

Exhala con dificultad antes de soltar una maldición y me arrastra hasta mi coche (el cual no está registrado a mi nombre ni mucho menos), que está aparcado demasiado cerca de ellos. Es uno de mis muchos coches «desechables».

El universo está intentando enviarme señales contradictorias. Primero salva los dedos y la lengua de Dev. Luego condena a dos hombres a la muerte más brutal después de descubrir más de lo que creía posible en un almuerzo. ¿Y ahora me arroja directamente delante del hombre de mis sueños?

—Vas a acabar dirigiendo el FBI. Ha sido totalmente alucinante —dice don Arrogante, con un tono de auténtico asombro en su voz mientras habla con Logan.

—Ese no es mi objetivo. Solo me alegro de que hayamos conseguido una puñetera confesión. Así podremos volver a casa mucho antes.

Don Arrogante suelta un gruñido mientras Jake sigue intentando arrastrarme al coche. Todavía llevo puesto el pinganillo, lo que me permite seguir con facilidad la conversación a pesar del ruido de la calle. Bueno, siempre y cuando lo mantenga apuntando hacia ellos, lo cual me obliga a caminar con la cabeza ladeada.

—¿Volver a casa con la reina del hielo? —dice el tipo, con una pizca de sarcasmo en su tono.

Me apuesto lo que sea a que ese es Carter. ¿O era Chris? ¿Craig? No me acuerdo.

La sonrisa de Logan es una preciosidad.

—Sí. No te pongas celoso.

El del nombre que empieza por C pone los ojos en blanco, y yo lo observo desde la acera como una idiota embobada mientras arrastro los pies con los tacones. Hace un momento me han arrancado el corazón, pero solo con ver a Logan se calma el dolor.

—¿Cuándo vuelves? —pregunta el del nombre con C.

—Tan pronto como tengamos la certeza de que la cadena de custodia de las pruebas se ha respetado escrupulosamente y están bien precintadas. No quiero que se nos escape esta oportunidad.

—El puto Da Vinci. Tienes unas mierdas en la cabeza que dan miedo.

No tengo ni idea de a qué se refiere.

—No has visto ni la mitad de las mierdas que guardo en mi cabeza, Craig. Tengo que llamar a mi chica, pídeme una hamburguesa.

«¡Mierda!».

Pongo el teléfono en silencio, odiando tener que dejar que salte el buzón de voz, cuando Jake me abre la puerta del coche. Me subo, me quito el auricular y se me encoge el corazón cuando Logan me llama. Suspiro y tiro el teléfono a un lado mientras miro a Jake, que me está fulminando con los ojos.

—Ya hablaremos de esto más tarde. Ve a mi casa en cuanto puedas.

Asiento con la cabeza, dejo que me cierre la puerta y arranco el coche. Tengo dos asesinatos que planear, un novio con el que quedar y un mejor amigo al que quitarle el enfado. Y no en ese orden.

Parezco la típica protagonista de película.

Aunque más bien sacada de *American Psycho*.

Capítulo 11
LOGAN

La única razón por la que existe el tiempo
es para que no ocurra todo a la vez.
— ALBERT EINSTEIN

—Conque tu chica está forrada —dice Hadley,
dejándose caer a mi lado.

—¿Estás investigando sus cuentas? —pregunto con incredulidad.

—Nah, solo les eché un vistazo. No es una
sospechosa ni nada de eso, así que no estoy saltándome ninguna norma importante.

—Solo la ley —digo, cortante.

Ella sonríe.

—Me ficharon por mis increíbles habilidades
con la informática y por cerrar sitios web que no
deberían estar abiertos. Me colocaron aquí por
mis conocimientos forenses. En ningún momen-

to me eligieron por tener una impecable integridad moral. Y te juro que fue solo un vistazo rápido. Pero, en serio, es superrica. ¿Cómo es su casa?

Con un gruñido, niego con la cabeza. Desde luego que Hadley no está en el FBI por ser una santa con placa. Está en el FBI porque era ir a prisión o trabajar con nosotros.

—No le digas a nadie lo que has hecho —mascullo, mientras termino el último expediente del caso que ya está listo para el fiscal del distrito.

—Obvio —dice, con una media sonrisa—. ¿Cómo es su casa? Necesito saberlo.

—Nada ostentoso. Es una casa blanca de dos pisos que no está nada mal. No lleva mucho tiempo viviendo ahí, así que no tiene cuadros ni nada en las paredes. El suelo de toda la casa es de madera noble, pero no hay estatuas de mármol ni pasamanos de oro, si es eso lo que estás preguntando. Y el camino de la entrada parece sacado de *Sleepy Hollow,* y no encaja en absoluto con la casa tan bonita en la que desemboca.

Ella frunce el ceño como si estuviera decepcionada.

—Esperaba una mansión y un lago con cisnes. Maldita sea. ¿Para qué quieres tanto dinero si no tienes una buena casa?

—Existe gente humilde, Hadley. Ni siquiera habría deducido que era rica.

Hablar de Lana me hace pensar en ella otra vez, y eso que había conseguido parar. Me preocupa estar mostrando comportamientos obsesivos. Lo cual no sé si me gusta o no.

No ha respondido a mis llamadas en todo el día, y tampoco ha contestado a mis mensajes. Así que me sorprendo cuando por fin me responde.

LANA: ¡¡¡LO SIENTO!!! Esta vez ha sido mi trabajo el que se ha metido en medio. He estado muy ocupada, y solo llevaba el teléfono de empresa. He vuelto a la ciudad hace solo unos minutos.

No sabía que tenía un teléfono de empresa ni que estaba fuera por trabajo. Pero me tranquiliza saber que no me estaba ignorando.

—¿Es ella? —pregunta Hadley, lo que me recuerda que sigue aquí ojo avizor.

—Vete, Hadley. No tiene un lago con cisnes.

Ella murmura algo sobre un desperdicio antes de irse enfadada.

Empiezo a escribir, pero decido que prefiero oír su voz, así que la llamo de camino al coche.

—¡Hola! —responde, y parece que le falta el aire—. Lo siento de nuevo. He estado ocupadísima antes y, como te he dicho, no llevaba el móvil conmigo y…

—No te disculpes. Solo me preguntaba cuándo podré verte de nuevo. Vuelvo a casa. He cerrado un caso, así que tendré un par de días libres como recompensa. ¿Por qué se te escucha como si te faltara el aire?

—Acabo de terminar un entrenamiento muy necesario. Y resulta que justo tengo dos días libres también. Mi socio está reorganizando algunas cosas para que podamos sacar un poco más de trabajo este mes.

Nunca habla de su negocio, y ahora Hadley me lo ha metido en la cabeza. Si es tan rica, ¿por qué asume tanto trabajo? ¿Por qué no contrata a gente?

—¿Entonces tenemos dos días para estar juntos? —musito, metiendo unos cuantos casos sin resolver en mi bolsa.

—Sí. Y todavía tengo tus calzoncillos. De hecho, en cuanto salga de la ducha, voy a ponérmelos.

—¿Hay alguna posibilidad de que pueda ir a verte?

—Eso era un intento de invitación —dice, en tono seco—. Se me da fatal lo de la sutileza, ¿verdad?

Sonriendo, me subo en el coche y empiezo a dar marcha atrás, listo para desconectar un poco. Me gustaría coger ropa limpia de casa, pero eso me llevaría más tiempo.

—¡Espera! Se me acaba de ocurrir algo. ¿Y si voy a tu casa? Tú ya has visto la mía. Enséñame la tuya.

Bueno, pues problema resuelto.

—No es gran cosa, pero me encantaría que vieras mi dormitorio.

Ella se ríe por lo bajo.

—Puede que me deje las bragas para tener un motivo para volver.

—Yo no voy a ponérmelas y a comer helado —respondo, y me encanta la forma en la que eso la hace reír.

—Está bien saberlo. Si me das la dirección, me ducho y te veo allí. ¿Estás en casa ahora?

—Justo estoy saliendo del despacho.

—Vale. Entonces me doy prisa y me preparo. Mándeme la dirección, agente Bennett.

—¿Volvemos a eso de agente Bennett?

—Te llamaré Logan por la noche, más tarde —bromea, provocando una reacción inmediata en ese apéndice rebelde que ha olvidado que estoy más cerca de los treinta que de los dieciocho.

—Te veo ahora.

Cuelgo y le mando un mensaje con la dirección. Probablemente yo también necesite una ducha, así que al menos tendré tiempo. De paso decido parar y pillar algo para cocinar para no tener que salir a ninguna parte. Disponemos de dos días enteros y lo único que quiero es pasar cada segundo manteniendo esta adicción bajo control.

Hago la compra a toda prisa, cargo el maletero y salgo pitando a casa. En cuanto cruzo por la puerta, me suena el teléfono. Gruño al ver que es Craig.

—No me digas que tenemos que volver ya, por favor.

—Vaya, hola a usted también, agente especial Logan Bennett. Imagino que ese coño debe de ser de oro si ni el tipo más entregado quiere volver al trabajo.

—Craig, si quieres seguir saliendo guapo delante de las cámaras, te sugeriría que no vuelvas a hablar del coño de Lana.

—Vale. Entendido. De todos modos, me dijiste que te llamara si aparecían nuevas pistas.

Hadley por fin ha averiguado el tipo de cuchillo que usa el Hombre del Saco en sus asesinatos. Te envío una foto.

—Gracias —digo con un gruñido, sin mostrar tanto agradecimiento como debería.

—No me las des, Logan. No se espera de ti que vengas esta noche, ni siquiera mañana. Has cerrado un caso muy importante, y justo a tiempo para salvarle la vida a la chica. Por el amor de Dios, si prácticamente lo has hecho todo tú hoy. Nadie más habría sido capaz de establecer una jodida relación entre una obsesión con Da Vinci y un poco de arcilla.

—Había otros factores —señalo.

—Sí. La simetría —dice con desgana.

—Y alguno más.

—Te dejo que vuelvas a tus dos días de paz.

Cuelga justo cuando me llega un mensaje de Lana.

LANA: Según el GPS, debería llegar en treinta minutos. Voy a ver si puedo hacer que sean menos.

Se me dibuja una sonrisa mientras le devuelvo el mensaje.

YO: No escribas mientras conduces.

LANA: ¿Me está amenazando con arrestarme?

Dejo el teléfono entre risas. Lana no es la chica que catalogué como distante en un principio. Solitaria, tal vez, pero no distante. Me he dado cuenta de que es igual que yo. Solitaria, pero no exenta de posibilidades.

Después de guardar la compra en su sitio, empiezo a quitarme la camiseta y pongo una mueca de asco al oler el humo del helicóptero impregnado en mi ropa. ¿Cómo no me he dado cuenta de lo mal que huelo?

Me dirijo a la ducha, pero mi móvil suena con un mensaje. Craig ha enviado la foto que prometió y el cuchillo no tiene nada de especial. Pero al menos sabemos el modelo y el tipo para avisar a la policía de que lo busque si llega el momento.

Nada de «si». *Cuando.* Porque voy a atrapar a ese desgraciado.

Al mirar la foto del supuesto arma homicida, me quedo tanto rato pensando de nuevo en el caso que ni siquiera me doy cuenta del tiempo que ha pasado hasta que oigo que alguien llama a la puerta.

Me cago en la puta.

Ya han pasado treinta minutos, y yo me he quedado dando vueltas a un caso en lugar de ducharme para quitarme el tufo de todo el día.

Corro hacia la puerta mientras me maldigo internamente todo el rato. Cuando abro la puerta de un tirón, lo único que veo es una mata de pelo oscuro antes de que Lana se abalance sobre mí y sus labios se estrellen contra los míos.

No me opongo en absoluto mientras la absorbo, la saboreo, huelo lo increíble que… Ah, joder.

A regañadientes, interrumpo el beso y ella da un paso atrás, sonriéndome. Me encanta esa sonrisa y la libertad con la que la muestra.

—Huelo fatal.

Ella se ríe mientras niega con la cabeza.

—Hueles a… No sé a lo que hueles, si te soy sincera.

—A helicóptero. Me ducho corriendo y retomamos esto donde lo hemos dejado. Ponte cómoda. No tardo.

—No me importa el olor —dice ella, mordiéndose ese puñetero labio inferior que hace que mi polla proteste contra mis necesidades higiénicas.

—Cinco minutos. Ni uno más.

Ella agita sus largas pestañas y esboza una amplia sonrisa mientras recorre mi casa con la mirada, atenta a todo lo que ve. Mi pistola descansa sobre la mesa del salón y ella la esquiva como si le incomodara.

—Está puesto el seguro —le digo, guiñándole un ojo antes de correr al cuarto de baño y darme una ducha rápida.

Me pongo unos calzoncillos después de secarme, salgo de nuevo y encuentro a Lana en la isla de la cocina, revisando el caso del Hombre del Saco.

—Esto es terrible —dice, alzando la vista hacia mí con el ceño fruncido—. ¿Este es el tipo al que has pillado?

—Es culpa mía. No debería haberlo dejado ahí. Se supone que no debes verlo.

Ella frunce el ceño.

—Los expedientes de casos cerrados no son tan confidenciales. O al menos eso es lo que he leído.

—Los expedientes antiguos no están clasificados. Los recientes, sí. Pero este ni siquiera está cerrado. Es una investigación en curso, y debería ser más cuidadoso en lugar ir dejándola por ahí de cualquier manera.

Tensa los labios mientras da un largo paso hacia atrás.

—Lo siento. No lo sabía. Lo he visto ahí y… No debería haber empezado a leerlo. Perdón.

Me encojo de hombros y la acerco a mí por la cintura, solo por tocarla. No tenía ni idea de lo mucho que necesitaba tocarla hasta que ha venido.

—Como he dicho, es culpa mía. Pero, ya que lo has visto, dime qué opinas.

Levanta las cejas.

—¿Lo que opino *yo?* Opino que ese tío está enfermo. Que violen a mujeres y las dejen desangrarse lentamente después de apuñalarlas varias veces es cruel y… En fin. Eso opino.

—Me refería a tu opinión sobre el tipo de sujeto al que estaríamos buscando.

Ella aprieta los labios.

—Apenas le he echado un vistazo.

La acerco al expediente y esparzo las hojas, incluida la nueva foto que le enseño en el teléfono.

—Te has dado cuenta de que las deja desangrándose en lugar de decir que las mata a puñaladas. Eso es crucial para el perfil. Ahora, dame tu opinión.

—No quiero meterte en un lío, Logan. No me enseñes cosas que no debes enseñarme y deja de decirme cosas que no debes decirme.

Ella me mira, frunciendo un poco el ceño.

—Ahora mismo no me dirían gran cosa si descubrieran que he compartido detalles con mi chica. Soy la hostia. Tú léelo y dime qué opinas.

Por alguna razón, una sonrisa se dibuja en sus labios, pero se coloca el pelo detrás de la oreja y agacha la cabeza antes de empezar a leer los documentos.

—¿Te hace ilusión? —pregunto, recordando que me dijo que estas cosas le revuelven el estómago.

—Has dicho que soy tu chica —dice bajito.

Se me agranda la sonrisa mientras me inclino y le doy un beso en el hombro desnudo, ya que solo lleva una camisola.

—Para mí lo eres.

Ella se aclara la garganta y yo me reclino para disfrutar de la forma en la que se sonroja.

Su expresión se vuelve seria mientras estudia el expediente, asimilando cada detalle y leyéndolo muy rápido.

—A primera vista, tantas puñaladas parecen indicar ensañamiento. Pero todas son superficiales, y ninguna es mortal. Lo más probable es que las haga mientras las viola, clavando la punta de la hoja lo justo para que sangren. Se van haciendo más profundas a medida que avanza, porque es parte del subidón que le produce. La violación suele tener que ver con el poder.

—Casi siempre tiene que ver con el poder —la corrijo—. Al contrario de lo que se suele creer, hay muy pocos casos de agresiones sexuales que tengan algo que ver con el deseo sexual.

Ella asiente de forma distraída, pero percibo una expresión distante en su mirada.

—Es un sádico. En relación con el caso, lo más probable es que sea incapaz de alcanzar el orgasmo sin infligir un dolor que pueda causar la muerte. Es posible que la impotencia influyera en su brote psicótico. Puede que descubriera por casualidad esta sensación de euforia y ahora se ha intensificado hasta el punto de asesinar a las mujeres. Se excita con el poder y disfruta con el dolor.

Suelta un suspiro con las manos temblorosas, y empiezo a disculparme. Está claro que no puede soportar ver algo así, y ha sido una estupidez por mi parte involucrar a una civil que no está lo suficientemente insensibilizada como para examinar cadáveres y datos en vez de personas y agresiones brutales.

Pero se me adelanta:

—Debe de ser alguien que pase desapercibido para todo el mundo. Probablemente un operario que no llama la atención. Es probable que sea poco sociable, dado el problema de impotencia que acarrea. Eso lo habrá vuelto introvertido, porque se habrá sentido incompleto, incluso emasculado. Ahora se recrea en las sombras donde habita porque le permiten cazar sin ser visto.

Madre mía, es buena.

Le da la vuelta a la hoja.

—Al principio mostraba mucha rabia, producto, una vez más, de la impotencia. Ahora hay un método controlado dentro de su psicosis. Desarrollará un complejo de inmortalidad, se sentirá intocable. Diría que se trata de un varón blanco de entre veinticinco y cuarenta años. Diestro, con capacidad para pasar desapercibido entre la gente. Posiblemente trabaje en el sector de la limpieza.

Frunzo el ceño.

—Ibas bien encaminada hasta el sector de la limpieza. Supusimos que se trataba de alguien relacionado con los servicios de orden público o de seguridad, ya que siempre ha podido acceder a las viviendas sin esfuerzo y ha desactivado las cámaras de los bloques de pisos.

Ella niega con la cabeza.

—Puede que entienda de medidas de seguridad, pero la mayoría de los trabajadores de los servicios de limpieza también. Trabajan al margen del horario laboral, pasan mucho tiempo hablando con los guardias del turno de noche o se ocupan de asuntos entre bastidores que nadie más ve.

Me quedo observándola fijamente, estudiando sus rasgos mientras ella levanta la vista para encontrarse con mi mirada.

—¿Por qué estás tan segura de tener razón?

Ella sonríe antes de deslizar una página delante de mí.

—Por cómo lo limpió todo después. Dejó impecables las habitaciones donde cometió los asesinatos.

—Es una medida para eliminar pruebas —indico—. Los asesinos más experimentados siempre limpian lo que ensucian.

Ella asiente.

—He dicho *por cómo* limpió después. No solo limpió. La habitación estaba impoluta, y a cada superficie se le aplicó el producto de limpieza adecuado.

Señala una línea.

—Limpiacristales para las ventanas. No quedaron marcas, aunque se observa que el resto estaban sucias. —Señala otra línea—. Los suelos de madera se limpiaron con un producto específico para este tipo de material. Sin dejar rastro. —Señala otra línea—. A todas las mesas les aplicó un limpiador apto para madera. Sin manchas…

Mientras mi cabeza asimila los hechos que ya debería haber captado, ella continúa:

—Mi padre era…, eh…, amigo de un conserje cuando era pequeña. Es un hábito, casi una compulsión, utilizar los productos de limpieza adecuados para cada superficie después de tantos años entrenando la mente para usarlos. Yo que tú buscaría servicios de limpieza en la zona y comprobaría si estos bloques de pisos han subcontratado alguna vez a empresas de limpieza privadas.

Acerco el papel y recorro con la mirada todos los datos.

—Interrogamos a todos los empleados y comprobamos sus antecedentes —digo distraídamente—. Y consideramos que una limpieza tan exhaustiva encajaba con un caso de TOC, pero lo descartamos porque el número de puñaladas era variable y solo se limpiaba la habitación del crimen.

—Muchas empresas de limpieza pagan en negro porque les cuesta mantener a los trabajadores. Algunas aplican una política de silencio porque acaban contratando a cualquiera que acuda a ellas en busca de trabajo. La empresa se queda con la mayor parte del dinero y los empleados, en cambio, apenas reciben migajas. Así que pagar en efectivo y sin declarar es una forma de atraer a más gente y, de paso, evitar tener que ofrecerles prestaciones sociales. Probablemente nunca mencionaron el tema porque no querían tener que contártelo.

—Eres una auténtica genio —digo con un gruñido.

Le agarro la cara con ambas manos y la beso con fuerza, aunque al mismo tiempo también me dan ganas de estrangularla.

—Pero ahora tengo que hacer una llamada —refunfuño, sintiendo su sonrisa contra mis labios.

—Haz esa llamada. Atrapa al malo. Tal vez la pista sea sólida y puedas detenerlo antes de que vuelva a matar.

A regañadientes, saco el teléfono y marco el número de Hadley. Me va a asesinar, joder.

Capítulo 12
LANA

Debemos hacerlo lo mejor posible. Es nuestra
sagrada responsabilidad como seres humanos.
— ALBERT EINSTEIN

No voy a mentir y decir que no es de hipócri-
tas desear que atrape al enfermo que violó y
mató a todas esas mujeres. Soy una hipócrita
porque también espero que nunca me atrape a
mí por torturar y matar a toda una ristra de
hombres.

Pero me siento bien al percibir la ilusión con
la que le cuenta a alguien esta asombrosa nueva
pista. Me quedo helada cuando le dice a Hadley
que soy yo quien le ha sugerido la idea. No debería comentar que ha dejado que «su chica» le
diera esa información sobre un caso que se suponía que no debía ver.

Puede que el hecho de que me haya llamado «su» algo me haya hecho sentir mariposas en el estómago. Sin duda, es importante. Que parezca estar orgulloso de mí también me hace sentir… *bien*. Esa palabra otra vez.

Mi teléfono suena mientras él sigue hablando con esa persona y salgo para contestar cuando veo que es Jake. No aparto la vista de la ventana, siguiendo a Logan con la mirada.

—Hola. ¿Ha habido suerte?

—Mucha. Siento que tengamos que adelantar la fecha, pero esta vez voy a ayudarte.

Levanto las cejas, sorprendida.

—¿Quieres decir en persona? ¿Tú también vas a participar?

—Solo esta vez, y únicamente por motivos de seguridad.

—No. No eres capaz. Vomitaste cuando intenté darte los detalles, Jake.

—No te haces una idea de lo mucho que me gustaría tener tu capacidad para matar sin titubeos —dice bajito, con tono cortante.

—Pero no la tienes —le recuerdo, sin dejar de mirar para asegurarme de que Logan no puede oírme.

—Da igual. No pienso arriesgarme a que te enfrentes a algo así tú sola.

—No puedo hablar de esto ahora mismo —digo, casi en un susurro cuando veo a Logan colgar el teléfono y pasarse una mano por el pelo.

—Mierda. ¿Estás con él? Todavía tenemos pendiente ese tema.

—He trasladado el cuarto de los asesinatos a la habitación secreta que me construiste hace unos años.

—¿Crees que eso es suficiente para impedir que un perfilador se dé cuenta de que estás acabando poco a poco con las personas de una lista? —pregunta con sequedad.

Suelto un profundo suspiro mientras sigo observando a Logan a través de la ventana. Él mira a su alrededor y luego se acerca a coger un vaso.

—¿Sabes por qué me resulta tan fácil hacer lo que hago?

—Por lo que os hicieron a los dos —dice, con la voz quebrada, apenas más alta que un susurro.

—No, Jake. Es porque en mi interior solo albergaba odio, y eso es lo que me ha impulsado desde que fui capaz de hacer algo más que quedarme acurrucada en un rincón con miedo por si volvían a encontrarme. Nunca pensé que nada más pudiera motivarme. Pensé que cuando esto terminara… no tendría ningún aliciente vital después de matarlos a todos. Ahora… Ahora tengo esperanza. Nunca comprendí el poder de la esperanza hasta que él apareció de repente en mi vida, como si el universo me estuviera haciendo un regalo en el momento menos oportuno.

Él resopla con fuerza y yo me reclino ligeramente hacia atrás.

—Me alegra escuchar que tienes esperanza, Lana. Lo digo en serio. Es solo que… ¿No podías haberla encontrado con alguien que no te pueda mandar a la cárcel?

Termina la frase en tono de broma, pero la gravedad del asunto sigue presente.

—Ya pensaremos en eso llegado el momento. Confía en que seré cauta.

—Si en algún momento notas algo raro… Si alguna vez empieza a hacerte preguntas… Presta atención a lo que te pregunte. Sabes lo que tienes que buscar. Prométeme que saldrás cagando leches de ahí si eso ocurre.

—Te lo prometo —le digo, sonriendo.

—Vas a conseguir que me quede calvo por el estrés —se queja, mientras vuelvo dentro.

—Luego te llamo.

Cuando cuelgo y regreso con Logan, que lleva solo unos calzoncillos y se está esmerando para preparar algún tipo de bebida en la batidora, me apoyo en la isla y me deleito con su imagen.

Él se gira, me pilla comiéndole con los ojos y menea las cejas.

—¿Tienes que irte? —le pregunto, tratando desesperadamente de que mi tono no refleje angustia.

—Esta noche no. Puede que mañana, pero esta noche no.

Sonrío, aunque esté ocultando cierto grado de decepción. Yo quería al menos dos días, pero me conformo con lo que me toque, que es más de lo que pensaba que esta vida cruel me permitiría tener.

—Eres increíble, ¿lo sabes? —pregunta, acercándose a mí.

Se olvida de la batidora cuando me alcanza, y yo echo la cabeza atrás para darle acceso justo cuando él se inclina hacia delante y me besa larga, intensa y profundamente y… No hay palabras suficientes para explicar que con cada beso está más cerca de tocar mi alma.

Hasta pienso que podría disipar parte de la oscuridad que anida en ella, tal vez incluso propagar algo de luz.

Me rodea con los brazos, sujetándome contra sí mientras me levanta, lo que le proporciona un mejor ángulo para besarme en la boca en lugar de tener que inclinarse tanto.

Es demasiado alto y yo soy demasiado baja.

Sonrío contra sus labios mientras le rodeo la cintura con las piernas. El único motivo por el que interrumpo el beso es para absorber un poco de la normalidad de la situación, para saborear cada segundo.

—¿Así que hemos llegado al punto en el que te paseas en calzoncillos delante de mí?

Me guiña un ojo mientras me desliza sobre la encimera, y yo frunzo el ceño cuando le libero de mis piernas porque se aleja. Cuando se gira y me da la espalda, me fijo en unas cicatrices que no había visto la última vez que lo tuve desnudo.

—¿Cómo te las has hecho? —le pregunto sin pensarlo.

Enseguida extiende los dedos hacia una cicatriz semicircular que tiene cerca del hombro y hago una mueca. Odio que la gente toque mis cicatrices, y aquí estoy yo, tocando las suyas.

Él no se estremece como yo cuando recorro con el dedo la superficie dañada.

—Me la hizo una bala hace dos años. Por poco no impactó en el puñetero chaleco. Medio centímetro más arriba y habría tenido un moratón en lugar de aguantar que me extirparan una bala. Un novato indicó que la zona estaba despejada y no se dio cuenta de que había un hombre armado escondido en un armario. Disparó a través de la puerta y yo fui uno de los que resultaron heridos.

Otra cicatriz, larga e irregular, le recorre desde la otra escápula hasta la columna. Cuando deslizo los dedos sobre ella, se deja caer hacia mi mano. Ojalá pudiera dejar que él tocara las mías. Tal vez así podría arrancar los recuerdos dolorosos que se aferran a mi piel cicatrizada.

—Esa es de un cuchillo. —La respuesta me obliga a tragar con dolor el nudo que tenía en la garganta—. Es de mis inicios en esta profesión, cuando estaba arrestando a un tipo y su colega apareció de la nada. Me pilló desprevenido.

—Solo pueden contigo cuando no los ves venir —digo bajito, sintiendo una punzada de orgullo—. Porque eres demasiado fuerte para ellos.

Él se ríe mientras se gira de nuevo. Se me corta la respiración cuando me agarra por las caderas, me estrecha contra sí y se coloca con firmeza entre mis piernas, de modo que nuestras partes más íntimas se alinean.

—Me gusta que pienses así —dice, sonriendo mientras juega con el dobladillo de mis pantalones cortos.

Deslizo las manos por los músculos de sus brazos. Los aprieta a propósito, y yo le devuelvo la mirada poniéndole los ojos en blanco de forma juguetona.

—Eres fuerte. Eres intimidante. La gente no te percibe como alguien débil, así que te atacan cuando estás más vulnerable.

—El tipo que me disparó desde el armario lo hizo sin mirar —señala.

—¿Entonces no eres grande y fuerte? —pregunto, y luego me echo a reír cuando me levanta y empieza a andar conmigo en brazos.

—Lo bastante fuerte como para poder contigo —bromea, y me azota el culo con una mano.

—Apuesto a que podría ganarte —digo en tono de broma, pero preguntándome si en realidad podría o no.

—Dejaré que me muestres tus habilidades de lucha más tarde —dice antes de besarme de nuevo y avanzar hacia una habitación.

❋ ❋ ❋

El sol está asomando, y me he reído tanto que me duelen las costillas. Ninguno de los dos ha dormido. Hemos comido un par de veces, hemos practicado mucho sexo y nos hemos reído más que nunca, pero dormir no ha sido una de nuestras prioridades.

Creo que ambos tenemos miedo de cerrar los ojos y perdernos este instante de perfección.

Ahora estoy tirada en el sofá mientras él me cuenta lo feliz que fue su infancia, exenta de recuerdos oscuros.

Recorro la habitación con la mirada, fijándome en todas las fotos de esa supuesta familia de la que solo habla en pasado.

—¿Qué pasó? Si es que puede saberse —le pregunto, levantando la cabeza para mirarlo.

Su sonrisa se desvanece poco a poco, y me odio a mí misma por preguntar.

—No importa. No tendría que haber...

—No pasa nada, Lana. Deja de disculparte por intentar conocerme —dice, sonriendo de nuevo. Me retira el pelo de la cara antes de colocarme la mano en el hombro—. Me gusta que quieras saber de mí algo más que mis preferencias en cuanto a condones.

Me río por la nariz. Como un puto cerdo. Que alguien me mate ya.

Y eso hace que vuelva a reírse.

Niego con la cabeza y me encojo de hombros.

—Sé que no puedo contarte mucho sobre mi pasado, así que no es justo que te pregunte por el tuyo —digo con un suspiro triste, volviendo a estropear un momento agradable.

Se pone serio y empieza a acariciarme la espalda con la mano mientras yo apoyo la cabeza en su pecho.

—Cuéntame lo que quieras cuando estés lista —dice por fin, y me da un beso en la cabeza—. Sé que no todos los pasados han sido tan fáciles como el mío. En cuanto a mis padres... Mi madre se desató un poco a los treinta y tantos y se divorció de un buen hombre para ir en busca de sexo salvaje y ricachones. Hasta entonces, todo iba bien. Nunca conocí a mi verdadero padre, solo supe que estaba en el Ejército. Me envió algunas cartas con fotos, como si quisiera verle la cara. Yo siempre consideré a mi padrastro mi verdadero padre. Apareció en mi vida cuando yo tenía dos años y me crio como si fuera suyo.

Le acaricio el pecho con los dedos.

—¿Alguna ex de la que deba preocuparme?

Se atraganta con el aire antes de reírse.

—No. Para nada. Todas mis relaciones han acabado mal. Se me da regular el papel de novio porque estoy casado con mi trabajo.

Él suelta un quejido mientras me acaricia el pelo con la mano, y yo levanto la cabeza y lo miro a los ojos.

—No dejes que estropee esto, porque me gustas un poco —me dice, con una sonrisa.

Uf. Da igual lo que diga porque lo único que hago es sonreír como una idiota.

—A mí también me gustas un poco.

Me acaricia el labio inferior con el pulgar y se acomoda mejor mientras me tumba completamente encima de él. Pese a que tiene el cuerpo tonificado, resulta sorprendentemente cómodo.

—¿Y tú qué? ¿Algún ex del que tenga que preocuparme? —pregunta, observando mi rostro. Estudia todas mis expresiones. Por suerte, me he entrenado para ocultarlas. Pero esta es una pregunta que puedo responder con sinceridad.

—Solo he tenido una relación seria en mi vida, y preferiría prenderle fuego antes que volver a hablar con él. Aparte de eso, nada importante desde entonces, y eso fue hace más de diez años. Digamos que el resto han sido… experimentos.

Vale, tengo que cerrar el pico porque estoy hablando demasiado.

—¿Experimentos? —pregunta, lo que me recuerda que debo saber cuándo parar.

—Esa no es la palabra. Eh… Intentos desesperados e inútiles por tener algo, para luego darme cuenta de que no había chispa.

«Buena recogida de cable, Lana».

—Aquí sí que hay chispa —dice con ternura, sin dejar de acariciar mi espalda desnuda.

Asiento con una sonrisa.

—Desde luego que la hay.

Me acerca a él y roza sus labios con los míos. Justo cuando decido profundizar el beso, recibe una llamada.

Maldiciendo, coge el teléfono del suelo. Se ha quedado en la habitación en la que hemos estado toda la noche.

—Aquí Bennett.

Tiene el volumen tan alto que escucho a una mujer al otro lado de la línea.

—Tenemos una lista de personas a las que investigar, pero hay dos que se nos han escapado. Había un servicio de limpieza subcontratado para todos los bloques de pisos. Al principio los descartamos. Cuando los llamé y pedí la lista de *todos* los empleados, les recordé que si no incluían a los trabajadores extraoficiales estarían obstaculizando una investigación federal. La lista se volvió mucho más larga como por arte de magia. Hay dos hombres con antecedentes que los convierten en los candidatos ideales.

¿Entonces puede que tuviera razón?

—Quedamos en dos horas y nos vamos a Boston. Trae la lista con todos los nombres y los revisaremos durante el vuelo.

Y ese es exactamente el tiempo que nos queda.

Noto en su mirada que él también detesta esto.

Tapa el micrófono del teléfono mientras la chica lo maldice por ser demasiado bueno en su trabajo.

—Si lo capturo, tendremos más tiempo para estar juntos, aunque sea poco —me dice con el ceño fruncido mientras estudia mi expresión.

Por lo visto, se nota que estoy un poco decepcionada, así que disimulo, me acurruco contra él y le beso en la mandíbula.

—Ve a cazar a más tipos malos.

La chica del otro lado de la línea se queda en silencio.

Logan presiona los labios en mi frente y yo me empapo de su aroma una última vez antes de que se vaya. El último viaje fue corto. Tal vez tenga suerte y todo vuelva a ir sobre ruedas.

—¿Estás con tu novia, la experta en perfiles y la que te ha sugerido seguir esta pista?

Confío de verdad en que no esté enamorada de él en secreto, porque detecto un tonito en su voz que espero estar sobreanalizando.

—Sí. Nos vemos en un par de horas. Recuerda que esto queda entre nosotros.

—Dalo por hecho, jefe. Solo espero que nos ayude a atrapar a ese cabrón antes de que vuelva a hacer daño a otra mujer.

Respiro aliviada porque el tonito ha desaparecido. Al parecer, lo estaba malinterpretando.

Cuelga el teléfono y me envuelve en uno de esos abrazos maravillosos que tanto me gustan.

—En cuanto vuelva, te prometo que te voy a llevar a esa puñetera cita que te prometí hace tanto tiempo. Mereces algo mejor que un maratón de sexo y comida quemada.

Se le queman hasta las pizzas. Pero fue un gesto dulce por su parte intentar cocinar. Quizás habría salido mejor si no nos hubiéramos olvidado de que estaba en el horno y no hubiéramos acabado en el dormitorio.

—Comeré comida quemada cada día de mi vida si así consigo tenerte para mí sola. Preferiría no malgastar el tiempo saliendo a la calle y perdiendo toda la privacidad.

Él suelta una risita, pero yo no estoy de broma.

Soy avariciosa. Lo quiero solo para mí.

Él empieza a prepararse rápidamente y yo lo beso mucho más tiempo del necesario antes de que se vaya.

Como no va a estar, es el momento ideal para volver al trabajo y prescindir del segundo día de descanso.

Mientras me subo al coche, saco el teléfono y llamo a Jake.

—¿Sigues con él?

—Voy de camino a por Lawrence. Tú te encargas de Tyler.

Lo dejo maldiciendo cuando cuelgo, y yo sonrío mientras emprendo el largo viaje hacia Nueva York. No he estudiado sus rutinas, pero me da igual. Soy más fuerte que todos ellos.

Capítulo 13
LANA

No podemos perder la esperanza en la
humanidad, puesto que nosotros mismos
somos seres humanos.
— Albert Einstein

Nueva York no está preparado para mi llegada.
Es de noche cuando por fin empiezo a planear
la emboscada. Llevo la sudadera puesta y la cabeza cubierta y me he refugiado en un callejón.

Este lugar se vuelve peligroso de noche, pero,
después de estamparle la cara a un tipo contra
un muro de ladrillos con la fuerza suficiente
como para dejarlo inconsciente, la mayoría de
los maleantes habituales me evitan durante el
resto del tiempo que paso esperando.

—Hola, encanto —dice otro gilipollas, apuntándome con una navaja mientras esboza una sonrisa llena de dientes podridos.

No respondo.

Parece que, por desgracia para él, se ha perdido mi anterior demostración.

Da un paso más para acercarse y es entonces cuando le sonrío. Parece confundido un instante antes de que mi mano salga disparada y choque contra su garganta. Se le escapa un jadeo de dolor y blande la navaja.

Le agarro de la muñeca en el aire, giro bajo su brazo y me deleito al escuchar un grito de lo más satisfactorio atravesando la noche. La navaja cae al suelo, y yo le estampo el pie en la espalda, todavía retorciéndole el brazo por detrás con tanta fuerza que noto en la mano el crujido del hueso.

Un escalofrío de placer me recorre al oír sus gritos y su forma de suplicarme piedad. No es tan satisfactorio como oír los de aquellos a los que quiero muertos, pero aun así me da subidón castigar a gente como esta, que se aprovecha de los débiles (o de los que creen que lo son).

Con un golpe seco, la navaja le atraviesa la espalda, desgarrándole la piel, y sus gritos se hacen más intensos. La gente se dispersa a nuestro alrededor fingiendo no ver nada, como suele ocurrir en los callejones de la ciudad.

Cuando empieza a gorgotear sangre, saco la navaja con mi mano enguantada y la dejo caer al suelo con un fuerte golpe. Junto al contenedor, lo único que se ve desde la calle son sus pies. El ruido de la ciudad impide que los que están en la acera lo oigan.

Aunque lo hicieran, seguirían su camino. Eso es lo que hace la gente. Se dicen a sí mismos que ellos también morirán. Se dicen a sí mismos que su vida es más valiosa que la de la persona que está muriendo a sus pies.

En otras palabras: no les importa una mierda.

Una sonrisa siniestra se dibuja en mis labios cuando me mira con susto y horror.

Entró en este callejón como un depredador.

Morirá como una presa.

Me saco la sudadera por la cabeza con cuidado de no mover la peluca rubia que llevo perfectamente colocada. La tiro al contenedor, luego me deshago de los pantalones de chándal para dejar al descubierto el vestido que llevo debajo y me subo a los tacones.

Es hora de cumplir con lo que he venido a hacer y dejar de jugar con la escoria que merodea por la oscuridad y de la que la gente huye. Los monstruos que andan por aquí no pueden compararse con el monstruo que soy yo.

Unas cuantas cabezas se giran hacia mí, pero no me inmuto mientras paso contoneándome junto a ellos.

Nadie dirá nada sobre la prostituta rubia que acaba de matar a un hombre sin apenas esfuerzo. Fingirán no haberlo visto.

Incluso varias pandillas se dispersan, tropezando por las prisas. Muchos de los chicos llevan una pistola metida en la parte trasera de los vaqueros, pero acaban de verme destripar a un tipo con su propia navaja. No me cabe duda de que no se fían mucho de que no les fuera a pasar lo mismo.

La verdad es que la mayoría de la gente se asusta más al ver una navaja que una pistola. Es algo psicológico, pero en este momento me beneficia.

Doblo la esquina y salgo del largo callejón hacia la acera llena de gente. Nadie se inmuta ni se fija en mí en medio del ajetreo mientras guardo los guantes ensangrentados en mi bolso.

La oscuridad ayuda.

Sonrío al ver a Lawrence salir del edificio, y entonces cruzo la calle y reduzco el paso, dejando que se quede detrás de mí.

Lawrence es predecible.

También es un pervertido.

Un sentimiento nauseabundo y el sabor de la bilis se me instalan en la garganta cuando ocurre lo que sabía que pasaría. De repente siento una mano cálida en el culo y giro la cabeza rápidamente para hacerme la sorprendida.

—Tú —dice, sonriendo—. Me pareció que eras tú. ¿No tienes una cita *a ciegas* esta noche? —Sonríe como si tuviera gracia.

Parpadeo de forma seductora y empiezo a tirar de su corbata, pese a que siento que voy a vomitar del asco.

—Esta noche no hay cita. ¿Estás intentando ligar conmigo, guapetón? —le pregunto con ese falso acento sureño que utilicé la última vez que me vestí así.

—Supongo que querías que te encontrara. Nueva York es demasiado grande como para coincidir dos veces por casualidad —dice con aire presumido y sonriendo con descaro.

—Quizás sea el destino.

Y su sonrisa se convierte en una mueca lasciva.

—¿En tu casa o en la mía?

—Vaya, sí que ha sido fácil. —Arqueo una ceja y, agarrándolo por la corbata, empiezo a guiarlo hasta el aparcamiento.

—¿Adónde vamos?

—Tengo el coche justo a la vuelta de la esquina —digo con dulzura.

En un aparcamiento sin cámaras. Pero omito ese jugoso detalle en la conversación.

—Eres el tipo de chica que lleva a un hombre a cometer disparates, como subirse al coche de una desconocida —dice, aunque hay un deje burlón en su tono, como si creyera que soy demasiado débil como para suponer un peligro para él.

—Puedes echarte atrás —le digo, girando hacia la derecha. Le suelto la corbata, pero él acelera el paso y me sigue hasta el aparcamiento.

—No me preocupa. Creo que puedo contigo.

Contengo un resoplido de burla.

—Cariño, te puedo asegurar que no sobrevivirías a una chica como yo.

CAPÍTULO 14

LANA

No creo en la inmoralidad del individuo, y considero que la ética es una preocupación exclusiva de los humanos, sin ninguna autoridad sobrehumana que la respalde.

— ALBERT EINSTEIN

«Duérmete, niño, duérmete ya, que viene el coco y te llevará. Duérmete, niño, duérmete ya, que viene el coco y te comerá».

La canción resuena en el sótano, y yo me voy acercando por un lateral mientras Lawrence recupera lentamente la conciencia. Observo fascinada desde las sombras cómo en su rostro se va reflejando una miríada de emociones, una detrás de otra.

Confusión. Sorpresa. Reconocimiento. Y mi favorita: pánico.

Forcejea contra las cadenas que le sujetan los brazos extendidos y lo mantienen atado y suspendido en el aire. Es una postura preciosa para morir. Además, estar estirado e inmóvil te hace sentir débil e indefenso.

Lo sé muy bien.

La canción cambia y empieza a sonar *El corro de la patata* con esa voz infantil tan espeluznante. Me encanta jugar con sus mentes.

—¡¿Quién coño eres?! —grita, mientras forcejea, pero yo permanezco escondida en un rincón oscuro. La luz del techo proyecta un resplandor circular que ilumina a Lawrence y las cadenas que cuelgan flojas frente a él mientras espero la llegada de nuestro segundo prisionero.

En cuanto llegamos a mi coche, le estampé la cabeza contra la puerta dos veces para asegurarme de que quedara inconsciente antes de meterlo dentro. Es puro músculo, y no contaba con que pesara igual que un muerto.

Pero el esfuerzo ha merecido la pena.

Ya se le están formando unos buenos moratones alrededor de los ojos y por la frente. Apuesto a que la conmoción lo ha dejado fuera de combate más tiempo que un simple golpe en la cabeza.

—¿Dónde estás? ¿Dónde cojones estoy? —espeta, y se retuerce en vano, haciendo que las cadenas traqueteen con una advertencia implacable.

Mueve la cabeza de un lado a otro, tratando de ver algo más que la luz que tiene encima. No son más que cuatro paredes de piedra en un sótano bastante grande. Es la pesadilla más espeluznante que pueda existir.

Hace mucho que tendría que haber empezado a buscar lugares más tétricos para matarlos, porque me encanta comprobar cómo se le está agarrotando el cuerpo de terror simplemente viendo lo que lo rodea.

Ahora voy toda vestida de negro. Ya no llevo pintalabios rojo ni peluca rubia. He cambiado los tacones por las botas de hombre que suelo utilizar, las de la puntera especial que Jake me diseñó para dejar huellas desde el talón hasta la punta del pie.

No llevo la mochila, pero aquí no me hace falta porque no hay tierra. El suelo de piedra bajo mis pies pronto se teñirá con dos tonos de rojo. Después pintaré las cuatro paredes.

—¡Que alguien me responda, joder! ¡Ayuda! —grita, pero la única respuesta es el silencio. La antigua casa de Tyler está en mitad de la nada. Estos son los asesinatos fáciles. Habría sido complicado matar a Lawrence en el piso que comparte.

La mujer de Tyler está fuera de la ciudad después de discutir con él por los mensajes que encontró con mi ayuda (anónima, claro). Tyler cree que Denise se puso celosa y se la jugó. Su mujer piensa que es una rata miserable (palabras suyas) y se marchó en un arranque de ira.

Ahora estoy rastreando su móvil con el teléfono clonado que hice copiando el de Tyler.

Lawrence sigue berreando y vociferando mientras ahora suena *El coche de papá,* lo cual contribuye a acallar gran parte de sus súplicas.

Unas horas más tarde, ya casi afónico, acaba meándose encima, incapaz de controlar la vejiga. Es el primer paso de la humillación. Es el primer paso para despojarlos de su dignidad. Siempre se mean y se cagan encima.

Se me dibuja una sonrisa en los labios.

Él maldice cuando se le escapa la primera lágrima. Está atado y agotado, incapaz de limpiársela. Quiero todas sus lágrimas. Quiero todo su sufrimiento y su miedo.

Quiero verlo degradado hasta que lo único que le quede sea indignación y humillación. Luego quiero sus gritos.

Apenas una hora después, se derrumba, sollozando desconsoladamente al perder de nuevo el control de su vejiga. Se le oscurecen los vaqueros y el olor me invade. Es el olor de la venganza. Bueno, es olor a pis, pero creo que la idea se entiende.

Está descamisado, y veo que se le ha puesto la piel de gallina por el frío. Cuanto más fría está la habitación, más doloroso resulta recibir golpes.

—*La muy zorra está llorando* —*dice Morgan, riéndose entre dientes cuando una lágrima solitaria rueda por mi mejilla.*

Estoy inmovilizada, incapaz de limpiármela, mientras intento refugiarme en mi mente y bloquear todo el dolor.

—*Esas lágrimas no van a salvarte, puta* —*me dice Lawrence cerca del oído*—. *Suplícame que pare.*

—*Por favor... Por favor, para.* —*Oigo los sollozos de mi hermano.*

—*¡Tenemos una súplica!* —*anuncia Tyler, riéndose como una hiena.*

Cuando este suelta un poco el agarre, consigo zafarme y grito al estamparle el puño en el lateral de la cara a Lawrence.

—¡Serás hija de puta!

Él sigue a horcajadas sobre mí mientras me fuerza a colocar las manos en su sitio.

—¡Sujeta a esta puta de mierda o dejo que te arranque los ojos cuando te toque a ti!

Tyler escupe una maldición y me estampa las manos contra el pavimento. Grito cuando chocan con la superficie implacable y siento que la sangre empieza a fluir. Me concentro en eso y no en lo que Lawrence me está haciendo en el resto del cuerpo.

—Esas lágrimas no van a salvarte, puta —digo, lo que impulsa a Lawrence a girar bruscamente la cabeza hacia mi rincón y a buscarme en la oscuridad entrecerrando los ojos.

—¿Quién coño eres?

Doy tres pasos para dejar que la luz me ilumine lentamente hasta que frunce el ceño, confundido. La furia se apodera de su rostro, pero las cadenas lo mantienen inmóvil.

—¿Qué cojones quieres, zorra?

—Suplícame que pare.

Empieza a hablar, pero la puerta de arriba se abre y Tyler rueda escaleras abajo gritando de dolor mientras Jake baja los escalones uno a uno. Jake se mueve con elegancia, disfrutando de que la venganza por fin caiga sobre estos hijos de puta después de la conversación que presenciamos.

Tyler ya tiene pinta de estar casi muerto a palos. ¿He olvidado mencionar que Jake ha estado asistiendo a las mismas clases que yo? Nuestra lista de artes marciales mixtas no hace más que aumentar, al igual que el número de cinturones negros.

Obviamente, vamos a clase en otra ciudad con otro nombre, pero eso ahora carece de importancia.

—¡Tú! —grita Lawrence, fulminando con la mirada a Jake.

Jake se da unos golpecitos en las piernas.

—Funcionan perfectamente, por cierto.

Tyler es un amasijo de extremidades, todavía tirado en el suelo.

—¿Me has guardado algo? —le pregunto a Jake mientras agarra a Tyler por la muñeca y lo arrastra hasta las cadenas.

—¿Quién coño eres tú? —vuelve a exigir Lawrence, como si tuviera algún tipo de control.

—Queda mucho todavía. Solo que le dolerá más cuando saldes tu deuda.

Sonriendo, mientras Lawrence sigue despotricando desde su vulnerable posición, ayudo a Jake a inmovilizar a Tyler. Lo colocamos como a Lawrence: suspendido por las cadenas. Ahora están uno frente al otro.

—¿Quieres saber quién soy? —le pregunto a Lawrence mientras Tyler se estremece de miedo, con los ojos muy abiertos y el cuerpo tembloroso.

Las lágrimas brotan frenéticamente de los ojos de Tyler, lo que me lleva a evaluar rápidamente su estado.

Sin duda, tiene las piernas rotas. Jake debe de haber descargado mucha rabia. Me alegro por él. Le hacía falta.

—¡Eres una puta loca! —grita Lawrence.

Sonrío, ahora mirándolo a él.

—No, soy una puta loca cabreada. Me conociste cuando era más joven. Igual que a mi hermano.

Una sonrisa se asoma en mis labios cuando se le empieza a enturbiar la mirada.

—Esas lágrimas no van a salvarte, puta —repito, aunque esta vez percibo que se da cuenta de por qué digo esas palabras—. Suplícame que pare.

Se queda tan pálido como el fantasma que cree que soy, y vuelvo a mirar a Tyler, que trata de juntar las piezas.

—*Pórtate bien, Victoria. Te dolerá mucho menos si te portas bien.*

No llores, Victoria. No dejes que vean que han podido contigo.

Pero me rompo. Me rompo en mil pedazos. Me rompo al oír los gritos de mi hermano a mi espalda mientras suplica una y otra y otra vez… Y ellos se limitan a reírse.

Como si ese sonido fuera música para sus oídos.

Quiero que esos oídos sangren.

—Pórtate bien, Tyler. Te dolerá mucho menos si te portas bien —me burlo, observando cómo le invade la misma oleada de comprensión.

Se le abren los ojos hasta el punto de resultar doloroso, y Jake sonríe mientras lo capta todo. Se ha perdido siempre esta parte. Puede que ahora pueda contar con mi compañero de otra manera si es capaz de soportar el resto. Me gustaría que formara parte de esto también. Es tanto su venganza como la mía. Los dos queríamos a Marcus.

Y nos lo arrebataron.

Me coloco frente a Lawrence y Jake me pasa mi cuchillo favorito. Está desafilado. Es brutal. Y duele como un demonio cuando lo uso para desgarrar la piel.

—Tú estás muerta —jadea el gilipollas, mirándome con incredulidad—. Se supone que estás muerta.

Lo miro fijamente, recorriéndole el muslo con la hoja y sintiendo cómo tiembla.

—Deberías haberme matado mejor —digo justo cuando la hoja se hunde en la carne blanda.

Él grita de dolor cuando la carne por fin se abre mientras yo me tomo mi tiempo.

—Necesitaré uno afilado para las orejas —le digo a Jake, mientras Tyler vomita al oír los gritos de Lawrence.

Luego continúo con Tyler, permitiéndoles que se observen el uno al otro mientras mueren lentamente.

—Espero que no tengáis sueño, chicos. He cambiado de opinión sobre los días que voy a invertir para cobrarme la deuda. Va a ser una semana muy larga.

Capítulo 15
LOGAN

> No es posible prevenir y prepararse
> para la guerra al mismo tiempo.
> — ALBERT EINSTEIN

Miro el teléfono y leo el último mensaje de Lana:

LANA: Te llamo esta noche si estás libre.
Siento no haber contestado a tu llamada de
antes. Estos días están siendo una locura. <3

—¡Vaya, un emoji de corazón! La cosa se pone seria —dice Craig por encima de mi hombro, y se gana un codazo en el estómago.

Pongo los ojos en blanco mientras gruñe y tose y respondo el mensaje:

YO: Esta noche me viene bien, siempre que no me llame nadie con alguna pista. Ya sabemos quién es el asesino, y hemos estado inundando las noticias con su cara. Tenías razón. Se trata de uno de los trabajadores de limpieza que cobraba en negro. Pero logró escapar, de modo que hemos puesto en marcha un operativo de búsqueda por toda la ciudad.

LANA: Ten cuidado. Siempre ha pasado desapercibido y, con este inesperado despliegue de atención, es probable que disfrute de la emoción de la notoriedad. Puede que busque más atención y vaya a por ti si el revuelo se disipa demasiado pronto. Matar al principal agente del FBI que ha dirigido la investigación atraería aún más la atención.

Nunca he querido salir con una perfiladora por la sencilla razón de que, según mi experiencia, el trabajo y el sexo no se llevan bien. Lisa, por ejemplo, lleva siendo un grano en el culo desde que terminamos hace años, y ahora está bajo mi mando.

Es incómodo. Es frustrante. Y cada vez que tiene oportunidad, utiliza nuestro pasado en mi contra.

Lana, sin embargo, es la mujer perfecta. Alguien que entiende mi trabajo sin estar conmigo mientras lo hago. Literalmente, es lo mejor de ambos mundos.

Por eso me sigue preocupando que sea demasiado buena para ser verdad.

YO: Es poco probable que venga a por mí. Si lo hace, me ahorrará el esfuerzo de tener que seguir su rastro.

LANA: Hablo en serio, Logan. Los tipos como él pueden obsesionarse con alguien como tú.

YO: Es un violador. Un violador en serie. Necesita una mujer para satisfacer sus impulsos. Es más que un simple asesino en serie, lo que hace que la probabilidad de que venga a por mí sea muy escasa.

LANA: Alguien que ha vivido siempre en las sombras y que de repente sale a la luz va a sentir un subidón. Sobre todo alguien como él.

Los sádicos sexuales se alimentan del poder. Eso les excita. Podría utilizar su poder sobre ti como sustituto del que ejerce sobre sus víctimas femeninas.

YO: Me gusta que te preocupes tanto.

LANA: Y a mí me gusta tener orgasmos. Quiero más.

La frase me hace reír, y guardo el móvil justo cuando se acerca Craig para ponerme al día con las últimas novedades.

Se suponía que iba a ser una detención sencilla, pero alguien le dio el chivatazo. Tuvo que ser eso. O bien tiene algún tipo de contacto con la comisaría. Pero el sujeto encaja como un guante en nuestro perfil.

Ahora encontrarlo es cada vez más difícil. Le pagaban en mano y nunca abrió una cuenta corriente. El alquiler de su piso se pagaba semanalmente en efectivo. No tenía ningún documento, ni dispositivos electrónicos ni registros. Incluso la factura de la luz estaba incluida en el alquiler, lo que oculta todavía más cualquier rastro que pudiera dejar.

Dejó el teléfono.

Se llevó la ropa.

Se ha esfumado, y podrían pasar meses antes de que vuelva a aparecer si no lo encontramos ahora.

✽ ✽ ✽

Cuatro días más tarde, seguimos sin pistas, y suelto un gruñido mientras me preparo con mi equipo para volver a casa. Gerald Plemmons. Así se llama el Hombre del Saco. Ponerle cara ha contribuido a aliviar los temores de una parte de la ciudad, pero sigue suelto.

Algún día volverá a matar. Por desgracia, hasta que lo haga, es posible que no podamos encontrarlo.

En cuanto me bajo del avión, salgo pitando hacia el SUV y conduzco como un loco hasta la casa de Lana. No espera mi visita, y no consigo localizarla por teléfono. Me salta directamente el buzón de voz, así que espero que no se enfade por presentarme así sin más.

Me da la impresión de que tardo una eternidad en llegar, pero cuando por fin lo consigo, llamo a la puerta con determinación.

El sonido de unos pasos apresurados me tranquiliza. No veo su Mustang, así que me alegro de oírla hablar a través de la puerta. No me alegra tanto escuchar lo que dice:

—¡Tienes una llave! ¡Úsala, Jake! No me obligues a recorrer toda la casa…

Deja la frase a medias al abrir la puerta.

En toalla.

Todavía mojada.

—¡Logan! —dice sorprendida, con los ojos muy abiertos.

No le doy tiempo a pensar antes de besarla mientras cierro la puerta detrás de mí con un pie. Mientras la levanto, me pasa las manos por el pelo, y yo gimo cuando siento su culo desnudo entre las mías.

La toalla se suelta y queda atrapada entre nuestros cuerpos mientras sigo besándola y llevándola de vuelta a su habitación. Ella me besa con la misma intensidad, lo que me da a entender que no le importa que me haya presentado sin avisar.

Ha pasado una semana. Una semana entera desde la última vez que la vi.

Deslizo una mano por la curva de su culo hasta encontrar lo que realmente deseo. Recorro con los dedos su coño empapado, sintiendo que está húmeda y lista para mí. Por mucho que me gusten los preliminares, esta noche nos los vamos a saltar. Quizá cuando haya mitigado un poco esta adicción, podamos tomarnos las cosas con más calma y yo tendré ocasión de prestarle a su cuerpo la atención que merece.

—¿Eso es que me has echado de menos? —pregunta contra mis labios, apretando las piernas alrededor de mi cintura cuando por fin llegamos a su habitación.

—Mucho.

No le doy tiempo a pensar antes de colocarla sobre la cama y empezar a desvestirme. Ella me observa, deslizando su cuerpo desnudo sobre el colchón mientras tira la toalla.

Cuando se muerde el labio inferior, termino de desnudarme y la agarro por los tobillos para arrastrarla hacia abajo. Se le escapa un chillido de sorpresa, pero me pongo el condón y me acomodo entre sus piernas en su altísima cama.

En cuanto estoy en posición, la embisto, sintiendo cómo sus paredes se aprietan contra la repentina intrusión. Ella gime y arquea la espalda, igual que en todas las fantasías que he tenido.

La agarro por las caderas y marco un ritmo intenso para follármela con desenfreno mientras dejo que sus gemidos y jadeos me alimenten y me guíen. Cuando se pone rígida y su coño se aprieta a mi alrededor, el calor se extiende por mi columna vertebral y una corriente eléctrica me recorre en forma de placer.

Abre la boca mientras se agarra a la sábana que tiene debajo, apretando los puños en la suave tela de la cama revuelta.

Mis embestidas se vuelven más lentas hasta que detengo las caderas por completo y ella jadea mientras me sonríe.

—Hola —dice, riéndose con suavidad.

Yo también me río antes de soltarla.

—Hola.

Me doy la vuelta y tiro el condón a la papelera que hay junto a la cama. Luego vuelvo a mirarla y le acaricio la mejilla con un dedo.

Cuando se mueve, me obliga a acomodarme mejor en la cama para poder tumbarse.

—¿Quién es Jake? ¿Y por qué tiene una llave?

Su sonrisa se ensancha, como si disfrutara de una broma que solo ella entiende.

—¿Estás celoso?

Frunzo los ojos y ella se ríe con disimulo mientras me pasa una pierna por la cadera y apoya la cabeza en mi bíceps.

—Es mi socio. Se ha ido hace unos minutos, y pensé que a lo mejor se había dejado algo. Le parece muy gracioso hacerme recorrer toda la casa en lugar de usar su llave. Me da la impresión de que tiene miedo de que lo confunda con un ladrón y lo apuñale sin querer o algo.

No me gusta que Jake tenga una llave de su casa, y más si no lo conozco.

—¿Cuál es su apellido? —pregunto, totalmente dispuesto a investigar a fondo los antecedentes de este tipo… y ver qué aspecto tiene.

Pues sí que estoy celoso.

Joder.

—Es un socio en la sombra, y en nuestro acuerdo se especifica que no puedo revelar su apellido. Lo siento, pero así son las cosas. La gestión de nuestra última transacción se ha alargado más días de lo previsto, pero hemos querido ser meticulosos. Además, nos conocemos de toda la vida. Es como un hermano para mí. No te preocupes. Te aseguro que no hay nada sexual entre nosotros.

—¿Es gay? —pregunto, esperanzado.

Ella sonríe de oreja a oreja.

—Es bisexual, pero suele tirar más hacia los hombres que hacia las mujeres.

—Sería mejor si fuese gay.

Cuando se ríe, el sonido vuelve a ser bonito y espontáneo. Diría que cada vez que la veo parece más tranquila, más feliz.

Frunzo el ceño al ver que mis dedos salen manchados de sangre del lateral de su cabeza.

—¿Estás sangrando? —le pregunto, preocupado, mientras intento examinarle el pelo. ¿Tan bruto he sido?

—Eh… No. Es que he estado pintando con Jake. Supongo que me he dejado un poco.

Froto la sustancia roja entre mis dedos. Definitivamente es sangre.

—No me mientas —digo, intentando mirar, pero ella aparta la cabeza y se levanta de un salto de la cama.

—Está bien. Es sangre —refunfuña—. Sangre de Jake, no mía. Se cortó un dedo, y se ve que me he manchado yo también. Pensé que se me había quitado al ducharme.

Se va al baño y yo la sigo, observándola mientras empieza a lavarse el pelo.

Sale un chorrito rojo, pero, para mi alivio, se detiene, lo que significa que no está sangrando.

—¿Por qué no has dicho eso y ya está?

Ella se encoge de hombros, sin mirarme.

—Te has puesto histérico con lo de Jake. Pensé que sería mejor no volver a mencionarlo.

Dejo escapar un suspiro, y sus ojos se encuentran con los míos a través del espejo.

—Lo siento. No pretendía sonar como un capullo celoso.

Ella me lanza una sonrisa tensa.

—No tengo derecho a mentirte y hacerte sentir culpable por ello. Lo siento —dice, y suspira mirando al suelo.

Le levanto la cara, me inclino y rozo mis labios contra los suyos.

—Al parecer, ambos seguimos intentando averiguar cómo hacer esto. Es todo un aprendizaje —le digo, y sonrío cuando gime y apoya la cabeza en mi pecho.

—Eres demasiado bueno —dice en voz baja—. Me temo que voy a arruinar tus mejores cualidades.

—Eso no es posible. Tú también eres buena, Lana.

Ella se tensa contra mí, y me preocupo cuando me estrecha con fuerza por la cintura. No estoy seguro de lo que ha pasado en los últimos cinco minutos, y ahora me resulta imposible saber qué piensa.

En lugar de acribillarla a preguntas, me limito a abrazarla hasta que suspira contra mi pecho.

—Yo también te he echado de menos —dice por fin, tras un prolongado silencio.

—Entonces deja que te lleve a cenar.

Ella levanta la vista, arqueando una ceja.

—¿Langosta y vino?

Asiento con la cabeza.

Ella sonríe.

—Y después orgasmos.

Me río cuando sale dando saltitos del baño, otra vez de buen humor. Es todo un misterio, y creo que eso forma parte de su encanto.

Capítulo 16
LANA

Los grandes espíritus siempre se han enfrentado
a la violenta oposición de las mentes mediocres.
— Albert Einstein

¿La cena? Perfecta. ¿La langosta? Deliciosa. ¿El vino?
Increíble. ¿Logan? Demasiado bueno para mí.

Le mentí. Luego volví a mentir para recuperarme de la mentira porque no podía contarle que lo que tenía en el pelo era sangre de mis dos últimas víctimas. La expresión de culpa de su rostro me hizo odiarme a mí misma.

Me pidió perdón.

En ese momento me di cuenta de lo mal que está todo esto.

Logan es increíble. Es todo lo que ni siquiera me atrevía a soñar, porque no era posible que alguien tan bueno pudiera existir.

Pero aquí está.

Bueno, no justo en este momento. Ahora mismo está en su casa cogiendo más ropa. Se ha tomado unos días libres, ya que sus casos se han estancado. Lo que significa que aún no han encontrado mis últimos cuerpos. O podría significar que no está trabajando en ese caso…

Ayer estuvo a punto de descubrirme. Si hubiera llegado diez minutos antes, me habría encontrado cubierta de sangre mientras tiraba toda la ropa a la hoguera que había detrás de mi casa. La quemé en cuanto se marchó. Los suelos son tan oscuros que no se percató de las gotas de sangre que había en ellos. Podría haber mentido para salir del paso, pero no habría podido hacer lo mismo con los zapatos y la mochila que uso para matar.

Por suerte, todo estaba en el piso de arriba.

No volveré a dejar que el teléfono se me quede sin batería. Intentó llamarme varias veces, pero por fin estaba en la recta final con Tyler y Lawrence y no me paré a poner el teléfono a cargar.

Lo más inteligente habría sido cargarlo de camino a casa, pero lo había metido en la mochila de matar… que tiré al armario… y con la que no conseguía dar hasta que por fin caí en la cuenta.

Jake se pasó una eternidad vomitando en un cubo dentro del coche durante los momentos más sangrientos. No podía arriesgarse a vomitar dentro del sótano y dejar un ADN tan suculento.

Ser un monstruo no es algo que le siente bien al estómago.

Mientras reviso el expediente de mi próxima víctima, repasando las anotaciones sobre su vida, me suena el teléfono. Respondo inmediatamente al ver que es Jake.

—¿Lo has encontrado?

—Se llama Gerald Plemmons, al menos según las noticias. La búsqueda sigue sin dar resultados. Y, por cierto… ¿El Hombre del Saco? ¿En serio?

Me río por la nariz.

—Espero que se lo curren un poco más con el tuyo.

Me estremezco solo de pensar en los nombres con los que podrían bautizarme. Y Logan ya solo me conocerá por ese nombre si alguna vez descubre la verdad.

Acabará odiando a la mujer que le importa porque verá al monstruo que se esconde en su interior.

—¿Pero lo has encontrado o no? Su nombre ya lo sabía —continúo, negándome a seguir por ese camino por el momento.

—Está en Washington.

El corazón se me acelera.

—¿Estás seguro?

—Hace unos minutos ha dejado un cadáver —responde—. No hay rastro de él en ningún documento. Sin embargo, ha anunciado su paradero con una declaración tremenda. Esta vez, en lugar de encontrar el cuerpo en un piso, lo ha colgado por la ventana para que todo el mundo lo viera. Y en lugar de asaltar a una desconocida, ha matado a la mujer de un juez. La violó brutalmente y se ensañó con ella.

—Normalmente, el ensañamiento es sinónimo de ira —digo en voz baja, tratando de procesarlo todo.

—Creo que el ensañamiento ha sido más una declaración que simple ira. Creo que quería mandar a la mierda al FBI. Tenías razón en lo de que le gusta llamar la atención. Va a ir a más, se está volviendo un exhibicionista.

—Y va a ir a por Logan.

—Sí y no.

—¿Qué quieres decir con eso? —pregunto mientras me acerco al fondo de la cocina para mirar por la ventana porque me preocupa haber oído un coche.

—Hay algo más. El cuerpo que ha colgado por la ventana estaba desnudo. Además, tenía grabado en el tórax «El Hombre del Saco». Y otro nombre más… «Logan Bennett».

Empiezo a sentir una opresión en el pecho y me hundo en la silla. Sabía que pasaría. Sabía que Logan se convertiría en su objetivo.

—¿Estás seguro de que es él y no un imitador?

—Algunos de los datos que no se han hecho públicos se han verificado. Esta vez incluso dejó ADN para que supieran con seguridad que era él y reclamar así la autoría de su obra.

—Y ahora su objetivo es Logan. Tenemos que encontrarlo antes de que lo haga él.

—A eso es a lo que voy. Irá a por tu agente, pero para hacerlo usará a un intermediario. Querrá mofarse y atormentar a Logan. Antes de asestar el gran golpe, caerán unas cuantas víctimas más con esa firma. ¿A por quién iría un sádico sexual para hacer muchísimo daño a un hombre?

Tardo un segundo en seguir el hilo de su razonamiento, pero, cuando lo hago, una sonrisa oscura se dibuja en mis labios.

—A por su novia.

—Exacto. ¿Estás segura de que puedes con un tipo como ese? No es como los tíos a los que has estado persiguiendo, Lana. Este es de armas tomar y no tiene piedad. Si te…

—Los tipos a los que he matado no eran angelitos… No *son* angelitos, Jake. Y lo sabes. Me habrían matado si hubieran sabido que seguía viva o si hubieran tenido la más mínima posibilidad cuando he ido a por ellos. Y sí, puedo con el Hombre del Saco. Incluso los monstruos tienen pesadillas. Yo seré la suya.

Él exhala con dificultad, sopesando la gravedad del asunto.

—Su *modus operandi* consiste en colarse en las casas. Ataca a la mujer de inmediato usando la fuerza bruta para dominarla. La golpea y luego la estrangula hasta que está a punto de desmayarse.

—Lo sé —respondo.

—Las ataca por sorpresa, Lana. Tendrás que estar alerta en todo momento.

—Quiero que me dé un par de golpes —digo mientras echo fruta en la batidora—. Tiene que parecer realista.

—Es demasiado arriesgado, joder. Creo que debería instalar un sistema de vigilancia en tu casa.

—No. Ni se te ocurra. Si alguien llegara a acceder…

—Cierto. ¡Mierda! Entonces deja que vaya a quedarme contigo.

—¿Y qué explicación le daría a Logan si vuelve a presentarse sin avisar? Sabes lo que va a pasar al final, ¿verdad? Por algo llevas tres años en silla de ruedas, entrando y saliendo de tu casa y moviéndote por la ciudad.

Él refunfuña y yo enciendo la batidora, mirando de nuevo por la ventana. Como si Logan me hubiese oído hablar de él, me llega un mensaje mientras Jake dice:

—Es verdad. Entonces pensaré otra cosa.

LOGAN: Problemas con el Hombre del Saco. Luego te llamo.

YO: Vale. Ten cuidado, por favor.

218

LOGAN: Eso siempre, preciosa.

—¿Estás mandándote mensajes mientras hablamos por teléfono? —pregunta Jake, molesto.

—Puede que un poquito.

Vuelvo a mirar por la ventana, y esta vez veo un coche y un destello rojo antes de perder de vista a quienquiera que esté aquí.

—Tengo que irme —le susurro a Jake, y cuelgo antes de que me responda.

Apago el teléfono y lo tiro sobre la encimera antes de sacar una pistola y quitarle el seguro mientras me dirijo lentamente hacia la puerta.

Alguien llama y suelto un suspiro. Dudo que el Hombre del Saco llamara educadamente a la puerta antes de irrumpir en mi casa para degollarme.

Echo un vistazo por la mirilla y me sorprende ver a una pelirroja muy guapa en mi escalera. Me pongo unos vaqueros que cojo del respaldo del sofá y me miro en el espejo. Luego encajo la pistola en la parte trasera de los pantalones y abro la puerta, apoyándome en ella para impedir que entre.

—Si has venido a predicar, tienes mucho trabajo por delante. Si estás aquí para venderme algo, vete. Yo compro por internet. Si estás aquí para…

—Soy Hadley Grace —me interrumpe. Su nombre me suena ligeramente familiar, aunque no sé muy bien de qué.

—Muy bien.—Me encojo de hombros para dejarle claro que su nombre me importa bien poco.

—Logan Bennett es mi jefe.

Eso sí que es… inesperado.

—¿No deberías estar en Washington? He oído que el Hombre del Saco ha dejado otro cadáver.

Se le ilumina la mirada por la sorpresa antes de sacar el móvil del bolsillo y maldecir al leer algo.

—Seré breve —me dice, sosteniendo un expediente.

Me lo lanza y la sangre me bombea rápidamente por las venas mientras lo abro y compruebo que mis peores temores comienzan a hacerse realidad.

—En realidad, la que va a tener que ser breve eres tú —dice, con tono seco—. Dime por qué coño le robaste la identidad a una chica muerta.

Fin del libro 1

Sobre la autora

S.T. Abby era uno de los muchos seudónimos de la autora superventas del *USA Today* C.M. Owens, también conocida como Kristy Cunning. Le encantaba escribir tantos subgéneros que no podía quedarse con un solo nombre. Pasó de las historias ligeras y alegres a las oscuras y un poco retorcidas. (No te preocupes, retorcidas pero divertidas). Quería que todo el mundo encontrara lo que le guste, desde el romance sobrenatural e historias de amor *new adult* hasta el lado más oscuro de la novela romántica. Nació y se crio en un pequeño pueblo de Alabama, donde cada uno se buscaba el entretenimiento como podía y quizá acababa cojeando al día siguiente. Se pasaba los días escribiendo, ayudando a su hijo con los deberes y jugando a videojuegos. Las palabras de S.T. Abby siempre serán un refugio para quien las lea.